JN069912

続 楽しき哉 我が人生

長澤 進
NAGASAWA SUSUMU

まえがき

前回の自費出版『楽しき哉 我が人生』を上梓して一年になります。ほとんど書き尽くしたと思っていましたが、往生際が悪く積み残した原稿が百編ばかりありましたので続編を出版することになりました。

趣味に関するもの、旅行記、邦楽演奏、介護施設の医療、歴史関係が主ですが、これらの内容を通して私自身の終末を迎える前の人生観を述べてあります。元来写真好きで多くの画像を添付してありますがなかなか取捨選択が出来ません。

老境を迎えますとあらゆることに達観し、物事を俯瞰して観察する気が増します。最近は老後を扱ったベストセラーが散見されますが、それなりに世間では同感されるのでしょう。残された方々に参考になればと思いささやかな備忘録のつもりで上梓しました。

◆目次

第二章　国内旅行見聞記

第三章　外国旅行見聞記

第四章　日韓協力協会会員として　159

第一章

つれづれに想うこと

老いのたわごと

傘寿を過ぎるまで生きているのか、老人特有の愚痴、他愛もない空言を口にする機会がますます増えてきたように感じます。短期記憶の衰えによる物忘れは加速度的に早まり呆れるばかりです。最近、時間の経過が急速に早く感じるのは、まさにこの短期記憶の喪失に依るものでしょう。長年医療に携わってきましたが、肝心の患者様の名前はとんと忘れ失礼しています。テレビに出る有名人の俳優の名前などほとんど知りません。嘆き節、僻みも高じて時には人も構わず罵倒する始末です。中国の雲南省の菜の花畑の撮影に行く旅行を楽しみにしていましたが、最近のコロナウイルス問題で、子供や孫にまでも渡航を非難され中止する羽目にもなりました。

イギリスのＥＵ離脱、アメリカとイランの関係、北朝鮮の非核問題、憲法改正、米中貿易摩擦、環境保全課題、入試改革、どれを取っても難しい課題で頭痛の種になります。

車の運転も覚束なくそろそろ免許の返納の時期でしょうか。ＮＨＫに対しても怒りさえ感じるのですが、恒例の紅白歌合戦の出演者のほとんどが若者で、人口に占める高齢者の割合が三人に一人であるにも関わらず、視聴者の配慮も無視した仕打ちは残念です。

現代医療の問題も山積して、何が正しいのか、本質は何なのか、製薬業者との癒着の問題、ガンの一般市民への偏見、治療法の問題、医師である私の立場からはとても申し上げられない事項に嘆かわしい限りです。けれども、よく公共機関を使う私は何時もノルディックステッキを突いて乗車していますが、必ず席を譲って頂けるのは嬉しい限りです。

何が悩みかと申しますと、年々部屋に溜まる趣味の書籍の数々、パソコンの周辺器機、マニュアル本の山積、健康器具の類、どれも廃棄すればそれで済むのですが、この断捨離の課題で悩んでいます。読書家はどうしても簡単に捨てる気にならないようです。何時かは再読するか、勿体ないと思いケチな欲張りの心が治りません。サプリメントのマスコミの広告は凄まじく、これは日本ばかりではなく海外も凄いそうです。先ず滅多に効かないようで副作用が無いだけでも良いほうですが、庶民は騙されているのでしょう。

仕事柄、介護施設に赴きボランティアで尺八やハーモニカ、健康談話などをしていますが、施設も色々な入居者が居て生き生きとしている方もいる一方、車椅子に終日座り、無気力で友達との会話もない方々もたくさんおられます。無為徒食で只生きているだけで音楽、会話にも興味を示さず、どこかの介護者が殺害問題を起こした事件が頭を過ぎります。

高齢者の老病死の課題は深く哲学的ですが、先ずもって会話の中には健康問題が起こります。そういう私はありとあらゆる病があり、一応自己管理はしています。高血圧・糖尿病・脂肪肝・腎炎・腰痛・白内障・健忘症・肥満症・膝関節炎、要するにポンコツ車でいつ廃棄処分になるか分かりません。睡眠障害は酷く夜は深夜二時ごろ就眠し、タブレットでユーチューブの好きな情報を楽しんでいます、今では好きな音楽は気軽にネットで聞けるのも乙なものです。メールアドレスは優に一千件を超え文通も最近は疲れました。唯一の楽しみは孫に会える機会が持てる事です。

趣味の尺八談義

外科医の父が尺八を吹奏し、母と妹は琴三弦を奏でていた環境でしたので、初めて竹を持ったのが小学校高学年の頃でした。爾来、趣味として綿々と嗜んで来ました。長年師匠森故山について修練し、八十人の会の一員として活躍させてもらっています（都山劉尺八大師範　長澤哨山）。歴史的には元来、聖徳太子の奈良時代に中国から渡来しましたが、平安・鎌倉時代は一時衰退しました。室町時代に入り、仏教の影響で特別の宗派の寺院が法器として節のない一尺三寸の竹を使っていたようで、今でも京都の普化宗の寺院で虚無僧姿の僧が見られます。一休禅師は自分で紫禮法という曲を作曲して吹奏したとされています。ずっと戦国から江戸時代の末まで、宗教的な意味から尺八は僧侶の手で伝承されてきたようです。やっと明治末から大正にかけて洋楽器の導入と相まって急速に邦楽が興隆しました。琴の天才、盲人の宮城道雄を始め

都山流尺八大師範　長澤哨山

多くの作曲演奏家が現れました。京都の八橋検校の頃より地歌発展に伴い、いわゆる三曲演奏も始まり古曲古典の尺八との合奏が盛んになります。千鳥の曲を作曲した地元名古屋の吉沢検校も尾張の箏曲の発展に一翼を担いました。尺八そのものも時代の流れとともに琴古流、西園流、竹保流、都山流などの流派が発生しました。尺八だけの本曲としては「鶴の巣篭り」「木枯」「鹿の遠音」など沢山の名曲が公刊されています。近代では人間国宝山本邦山師始め、若手では藤原道山は新しく新曲としてジャズ音楽も取り入れ充実して来ました。しかし残念なことに吹奏が難しく、ものになるには三年から十年はかかると言いますから、若い方々が邦楽の道に進むことが少なく日本古来の伝統音楽が衰退しています。同朋学園名古屋音楽大学の邦楽の卒業生は、ほとんどが演奏や仕事の場もなくとても厳しい環境にあります。国の施策として、例年十一月一日は古典の日が制定されているのが幸いです。時に三曲連盟の合奏会が開催されますが機会があったら聴きに行くのも大切です。素晴らしい演奏家が名曲を奏でるのを聞くのが最高の音楽へのいざないだと確信しています。私は機会を見てはボランティアで福祉施設や学校の講義の合間に学生に吹奏したりしています。最近はネットで多くの演奏家の生の音をこよなく聞く機会も増えました。こんなチャンスを利用するのも一理あります（都山流尺八大師範　長澤　哨山）。

ゴルフ談義

私の長い人生で初めてゴルフに出会ったのは医師国家試験が終わり医局に入局した頃で懐かしい思い出です。還暦後半の頃、持病の痔や変形性膝関節症に悩まされ中断して傘寿近くになりましたが、また練習に励み再開をしています。元来、幼少のころからスポーツにはとんと縁がなく、唯一小学校の水泳の遠泳、高校大学時代の中距離マラソン等、持久力を競うスポーツのみが取り柄です。大学時代軟式のテニスに染まりましたがものになりませんでした。

私の両親はそれぞれに剣道、ゴルフ、バレーなどを嗜んでいましたが五人の兄弟はからっきしスポーツには興味がありません。しかし息子だけは膝蓋骨の骨折で断念しましたが、バスケットには興味があり、二人の男女の孫は運動神経は抜群に秀でて羨ましい限りです。あらゆるスポーツに没頭する姿勢に感心しています。これはまさに隔・隔・世遺伝と言

えましょうか。

野球、サッカー、相撲、スケート、ラクビー、オリンピック競技もあまり見ることもない珍しい存在です。決勝戦の白熱場面だけちらりと見るだけで終わります。ゴルフも今までにスコアーが一〇〇を切る事はありませんが、名古屋の近郊、品野台や東名ゴルフ場の会員になり半世紀は過ぎましたが、バブルに見舞われ会員権の価格も暴落しています。最近は専ら打ちっ放しの練習場で百個程度ボールを消費するだけです。幸い、七十六歳になる伴侶は二十年以上もゴルフのレッスン場に通い、仲間とそれなりに楽しんでいます。

ノルディックステッキを二本も突いたり、膝関節炎の歩行障害があるにも関わらず、やっと最近コースに入ってプレーが堪能出来るのは幸せです。何度友人に誘われたりしたか、その都度断っていたことが残念です。ゴルフの教習場に通うこともせず今まですべて我流です。楽しみはメンバーとの語らい、周りの自然風景をこよなくゆったりと堪能できる解放感です。

八キロに及ぶ歩行は健康には打ってつけで腰痛には効果があります。テレビでの観戦だけは素晴らしい若手のプレイヤーが居て興味が尽きません。私の人生を豊かにしてくれました。

早春のクラシックコンサートを聴いて

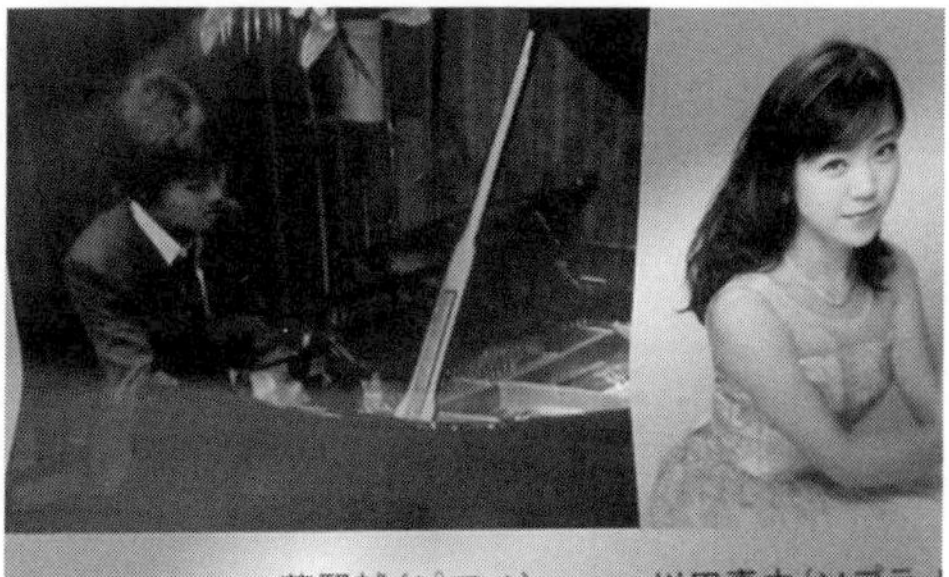

萩賢輔（ピアノ）　川田真由（ソプラノ

法人化した名古屋大学の経営手段として、最近は学内ばかりではなく一般市民にも開放して研究文化活動を共有する傾向にあります。これは、他のどの私立、公立大学間に就いてもコラボが図られています。名古屋大学の博物館では市民に開放して邦楽演奏、クラシック演奏も計画され気楽に無料で開放されています。

愛知県立芸術大学の大学院生のピアノ科萩賢輔、ソプラノ歌手川田真由のコラボによる早春のクラシックコンサートが開催されていました。私の好きなシューベルトの野ばら、シュトラウスの乙女の花、ショパンのポロネーズ、バラード、ノクターン、英雄ポロネーズ、わずか一時間の演奏時間でたっぷり聴かせて貰いました。特に理学部、物理学者や化学関係のノーベル賞受賞者のボードによる説明が博物館一杯に展示され、おおよそ音楽演奏には相応しくない環境ですが、場所の安価な提供という意味でこんな場所を選ばれたのでしょう。

二人の若い新進気鋭の音楽家の未来が楽しみです。このようなミニコンサートとして演奏会を重ねて腕を磨いて行くのは今も昔も変わらないようです。

バッハのクリスマス・オラトリオ全曲を聴いて

令和元年十月十三日長久手文化の家・森のホールで友人の招待によるバッハアンサンブル名古屋の第十五回演奏会を聴きました。全曲一部から六部まで三時から六時頃まで聴くのも大変ですが、まして演奏される各楽器と合唱に携わる方々の精力的なパフォーマンスには敬服します。この大曲は聖書のイエスの誕生に関する部分を題材に、六つの曲から構成されカンタータ六曲を集めたと言われていますが、各曲が互いに密接に関連して音楽的かつ宗教的に深い内容となり、バッハの偉大さを十分に感じさせられました。

以前にも数回にわたりバッハをこよなく愛でる私には、同じ会場でドイツのオーケストラ直々に、かの有名なブランデンブルグ協奏曲の五部全曲を聴いた記憶が今でも忘れらません。名古屋の近郊でこんな芸術文化の香り高い世界的な演奏が聴けるのは幸せです。

クリスマスはイエスの誕生を祝う日であり宗教的にはイエスの受難と結びついています。このオラトリオは祝典的な曲調で演奏されていますが、その中には受難への想いが隠されています。例えばマタイ受難曲でも知られた受難コラール、血潮滴る、は

オラトリオの第五曲と最終曲で演奏されています。この曲は短調ですが最終曲ではトランペットとティンパニも入って明るい長調となりオラトリオが閉じられます。まさに受難と祝福が一体化しています。

バロックから伝統的に十八世紀に至りマルチン・ルターの宗教改革の時代で特にバッハはケーテン、ワイマール、ライプチッヒの教会、宮廷音楽家として活躍し多くの作品を提供してくれました。ポール、ディユ、ブーシェの著作になるバッハ、神は我が王なりの翻訳を手掛けた樋口隆一氏の翻訳本は大変参考になっています。二十一世紀に入った今、西洋古典音楽が委縮しているのも残念です。

現代世界を制覇しているのはロックミュージックに代表される若者文化であります。本家本元のヨーロッパでさえ、若者のクラシック音楽離れは顕著です。しかしバッハだけは例外のようでジャズやロックのスター達の多くが口を揃えてバッハ礼賛を繰り返しています。ムシカウマナ、人間の音楽、宇宙の調和を支配する神の音楽がまさにバッハの曲のようです。

マイカー遍歴六十年

私が初めて車を持つようになったのは二十五歳の医学部を卒業してインターンを終え医局に入局してからですから、もう六十年近い月日が経ちます。ブルーバードの中古を購入しましたが、給油の折に毎回ガソリンオイルも入れなければならず要するにピストンリングが摩耗した代物でした。パワーもなく坂道では喘ぎながら走行していましたが、購入して僅か数か月で追突され、賠償金で中古のパブリカを購入しました。排気量が７００ccで空冷のオートバイ程度のエンジンでよく走っていました。名古屋から富山・北陸方面の悪路を走行していましたので、ある日エンジントラブルを起こした時はピストンリングが折れていました。そのうち一、二年もしないうちに今度のトラブルはプロペラシャフトが折れていたのです。

次はカローラにしました。人気の国民車ですが、高速でのスピードは余り望めません。弟に譲りアメリカ留学期間は一年間カブトムシの中古を楽しみましたが、高速でフロントの覆いが跳ね上がり前方が突然見えなくなり肝を冷やしました。厳寒のボストンではドアが開かず、薬缶の湯で開いていました。帰国してからはカリーナに乗りました。数年してホンダの車にしましたが高速を走るとハンドルがブレるので困りました。その後、新車の日産のシルビアを買いましたがギアチェンジしても馬力が出ず、僅かひと月で他車に乗り換えた嫌な思い出もあります。カーオブザイヤーで囃されたマツダの車にしましたら、坂道の自動制御の機構が今一つ問題が出ました。そこでゴルフに替えました。外車にしては結構不具合が多く、パサードのドイツ車に替えましたが走行中アクセルが戻らず困惑しました。ＢＭＷを二台も購入していましたが結構トラブルの多い外車で経費もばかにできません。

外車の維持費・故障の多さに辟易して国産車に変更しています。以後、日産のマーチには小さくても小周りが効き室内の広さ、視界の広さ等、魅力を感じています。その後、比較する意味で豊田のヴィッツに数年乗りました。人は年とともに性能の良いコンパクトカーを求めるようです。一度も壊れることもなく満足に乗れました。時代の波に乗りハイブリッド車に移行しましたのでプリウスをこれまでずーっと乗っています。今、私の家にはアクアもありますが、まさしくプリウスを一回り小さくしたもので、車の乗り降りの狭さ、視界の効かなさ等を除けば満足いける車種です。高齢者のアクセル踏み間違え、思わぬ事故が多発している現在、自動運転の可能な新車が目白押しです。最近恐らくこれが最後の購入になるかも知れませんが八十一歳にして、また日産のノートに乗る意気込みも出ています。あと何年運転できるか心配ですが。

住まいの変遷

私は今八十二歳ですが長い人生を振り返りますと、ずいぶん自分の住む家を転々として来たものだとつくづく思っています。生まれは戦前の満州大陸の北方奉天、今の瀋陽です。これから過去に住んでいた色々な想いを走馬灯の如く辿ってみたいと思います。

居住地をスポットとして郷愁、望郷の念を思い起こすことは、記憶を容易に甦らせてくれます。今から二十年前、五十年振りに両親を伴って生家を訪れた記憶は懐かしく脳裏を過ぎりました。日帝時代、父母は揃ってソウルに生を受けていましたが、この地で医学を学び卒業後、奉天の満州医科大学で研究生として勤務していた折、近くの一開業医の一室で私は生まれました。往時の日本が建設した大学にしろ、個人の一住宅にしろ、戦後七十年近く経ってもそのまま残存しているのは驚きでした。大和ホテル、神社等を背景に両親に抱かれて写された写真が今も残っています。

二番目に住んだのがこの地から汽車で大連に向かって一時間ばかりの田舎町・普蘭天の病院の官舎です。外科医で病院長をしていた父の元で当時は幼稚園児でした。忘れもしない終戦を迎えた地で物心付き出した最初の所です。風光明媚、山河は豊かで海にも近くよく父に連れられ魚釣りにも行きました。園児の父親達はそれぞれに官舎の医師が多く、中には応招されて南洋で戦死した訃報を聞かされていました。終戦直後は高粱畑で過ごし、一夜にして家財道具はことごとく近隣の中国人に蹂躙されました。

三番目は父の赴任地が大連日赤病院でしたので、その官舎が丘陵地の芝生町でした。高明国民小学校に通いました。環境の良い自然豊かな土地柄で、初夏にはアカシアが香よく咲いていました。かつて作家の清岡卓行氏が『アカシアの大連』と記述したのも頷けます。星浦戦後七十年近くになりこの大連を旅したのも格別のノスタルジーをそそられました。星浦海水浴場、ロシアのエキゾッチックな建物、旅順工大、日ロ戦争二百三高地跡、それぞれに興味は尽きません。

この地から佐世保に引き上げて来ました。最初に踏んだ初めてのわが祖国日本の佐賀の沿岸の美しさは忘れられません。

四度目の住処は母の実家の関係で、佐賀の有名な祐徳神社の境内の付近でした。僅か半年しか居ませんでした。かつて若い未婚の叔母が私に蒸かした芋をくれた思いは懐かしいです。

私の祖父母も戦前満州に居た関係で、多くの親戚の方々もほとんどが大陸に居ました。父の弟の医師を頼って、名古屋市守山区大森の百年も経った古い民家の一軒家に四家族が同居して、お互いひしめき合って生活して居ました。ここで四人が医者を開業していまして、道路はまだ舗装もされず玉砂利が砂埃を立てていました。小学生四年でした。蝉を取り、蛍を追い、山河を駆け巡り楽しい生活を謳歌しましたが田舎の学校とて、初めて虐めにも逢いました。偶然ですが、この大森小学校で同級の女性が後に名古屋市立大学医学部の門を私と同時に潜ったのも奇しき縁です。その後、四家族はそれぞれ独立して各地に旅立って行きまして、私の家は矢田町に移り住みました。直ぐに近くの町内に開業の為の新築をしまして、ここで今まで両親は住んでいます。父は九十歳まで生き、母は介護施設に移住はしているものの今は九十八歳で矍鑠としています。ここから中学・高校・大学までずっと通っていました。一番長く生活に係ってきた住居です。

大学院を卒業し研究生としてボストンのハーバード大学に赴任して一年、懐かしい郊外のブルックリン地区に居ました。夏の街路樹の緑は美しく紅葉は見事です。近くの公園で二歳の娘はどれだけ遊んだか知れません。当時は一ドルが三百六十円ですから家賃は決して安くはありません。百五十ドルでしたが、大学が年俸一万ドルを払ってくれていました。家族三人の渡航の往復代、生活費、中古のフォルクスワーゲン代を支払うと丁度ギリギリでした。憧れのアメリカ生活を謳歌しました。スチュアーデス（現・キャビンアテンダント）の美人の家でホームステイをしましたが、五十年も経た今でもメールのやり取りをしています。かつては来日して拙宅にも宿泊してもらった思い出もあります。

帰国後暫くは矢田に居ましたが、市中の病院勤務後、今の守山区志段味で新規に開業することになりました。この地に四年ばかり住み、千種区の猫洞ライオンズマンションの六階に住みました。ここから志段味迄、朝晩三十年近く通いました。郊外なので不便ですが自然には恵まれ住み易いのは確かです。ガイドウエイラインが出来て都心には容易に移動できるようにはなりましたが。住めば都とはよく言ったもので自分の居住する所をこよなく愛するのが最高の生き方だと痛感します。通勤に時間が掛かるからと嘆くのでなく、車ならテレビを見たりカーナビで音楽を聴いたりその日の情報を獲得したりでき、却って利便性を有効にすべきだと思っています。このライオンズマンションも手狭になったので近くの鹿子町のマンションに移り住みました。駐車場もなく簡素なのですが、泥棒にも逢い、また近くの名東区高社の土地に一戸建て自宅を購入しました。ささやかな庭付きの自宅は希望の自己設計でもあり、高価な新築だけあり、購入後もう三十年も経過しました。十年ほど私たちは居住しましたが、その後息子夫婦が五年ばかり住み、空き家となって十五年が経ちます。

簡素な宅地ですが頻繁に盗難に逢い悩みは尽きません。

何れも地下鉄に近く、高速道路のアクセスも好感が持てて満足しています。子供たちの為や投資の意味で数件の土地やマンションを購入しましたが、どれも全て満足感は得られません。人生には三度家を引っ越せと申しますが好い格言だと思います。若いころは狭いマンション、中年で子育ての頃はそれなりの一軒家、年老いてからは終の棲家には小さい家が理想のようです。

家に纏わるあの日の古里、ノスタルジーは淡い感傷を誘導しますが、歳を取るにつれ忘れがたい気持ちで一杯です。それぞれにそれなりの佳きに付け、悪しきに付け記憶は尽きません。どの地が一番良かったか、どこが不満であったかは一概には言えません。

宗教的観点からか、今の自分の置かれた環境を最大限に生かして楽しむのが大切だとこの年になって思わずにはいられません。若いころはともかく、望郷・郷愁の念は年を取るにつれて増強します。あの日の古里を時折想起するのは決して排他的ではないはずです。

未来に向け参考になればこんな素晴らしい事はないと思います。我ながら長年医療に携わって来まして、今でも現役を引退したとは言え日々充実した生き甲斐に感謝しています。可愛い孫に恵まれ、後を託す息子にも支えられ幸せな毎日を過ごしています。日々是好日、足るを知る気概で頑張っています。毎日の居場所は快適でなければなりません。家族・孫が心おきなく訪れる住処であってほしいです。残された人の素敵な望郷の念を想起させたいです。

奇才の画家横尾忠則の魅惑

年齢もほぼ私と同じこの画家は、傘寿を過ぎてもなお活発に活動されてまさに興味が尽きません。私がボストンのハーバードに遊学していた時、彼はニューヨークの近代美術館の個展で大人気を博していました。時あたかもサイケデリック調の画風が流行していて時運に乗っていたのは確かです。ところが日本では前半のグラフィックデザイナーの時代からピカソに影響されて以来、一九八〇年代から画家としての方向性を示します。

三島由紀夫との出会いは作品の内容に即した装丁でよくマッチしています。特に生と死を扱った小説『豊饒の海』には、三島の自死と横尾の死生観とが癒合して味わい深いです。死の三日前に電話で話し合っていたと言いますから互いの親密ぶりが伺えます。

高熱、喘息を患い、為に神と病、少年時代に愛読していた怪奇作品の内容に関連した回顧、Y字路の題材、奇怪とも思える極色彩サイケデリック調の画風、皆往年のグラフィカルなデザイナーからの誘導が想像されます。最近は生家の神戸の西脇地区のノスタルジックな画題が描写されていて公開制作も行われています。

養子として過保護に育てられ、東京の美術学校に行くのを周りから進められても試験の前日に故郷に帰ったり自由奔放に生きてきたようです。

弟の成瀬正博氏も娘さんの横尾美美さんも立派な画家として活躍しているのを見ますと、矢張り血筋ＤＮＡは変わらないのでしょう。スペインのサルバドール・ダリとも会っていたそうで、そう言えば彼の作品に似たところがあるのは確かです。趣味として多くの画家の絵を拝見していますが、岡本太郎とは別の意味で、この人の作品には独特の奇抜さ異様さがあり日頃楽しませて頂いています。

夭逝した岸田劉生画伯の魅力

没後九十年を記念して名古屋市美術館で令和二年一月から三月まで、珠玉の名作百五十点が展示されました。日本の近代美術史に比類なき足跡を残した作家で、私の生涯でこれほどまでに麗子像などで強力な印象を与えたくれた画家は珍しいです。肖像画だけでなく静物画、風景画等多彩な分野で独創性豊かな傑作を生み、物の存在を見つめ美を追求し、深い精神性を求め、独自の写実性を表現した功績は当時の若い美術を模索する洋画壇には強力な影響を及ぼした事でしょう。

初期の水彩画から三十八歳で急逝する直前まで描かれた風景画等、劉生芸術の軌跡を巡りそれぞれの作品に神髄を十分に味わう機会が持てました。経年的に描いた多数の愛娘、

麗子像の飽くなき愛と情感の追慕に好感を与えています。劉生の首狩りと言われ、厳選された名作自画像に独特な味わいをもたらしています。静物画の写実的な美にも興味が湧きます。久しぶりの鑑賞に満足しました。

カラヴァッジョ展を鑑賞して

令和元年十月二十七日、名古屋市美術館でカラヴァッジョ展を鑑賞しました。今迄西洋絵画を画集や美術館で割とたくさん観て来たつもりでしたが、こんな画家が十六世紀のイタリアに居たこと、彼の数奇な人生、三十八歳の若さで早世している事など興味が尽きません。この地に二百画像以上にもなるオリジナルが集積展示されているのも驚きです。またとない貴重な体験でした。

オランダのフェルメールと並んで世界中の人々を魅了している中世ルネッサンスの古都・ミラノの画家カラヴァッジョ。今日最もホットな関心を集めている画家と言えます。

私自身、この画家には珍しく初めて対面しました。名古屋市の美術館は創建時代の思惑でしょうか、大都市にしては貧弱で重厚感もなく、展示館も静かな芸術を堪能する雰囲気にも欠け、寧ろモダンな豊田市を初め地方の美術館の方が遥かに優れていると思われます。名古屋市が設立の予算を削ったともいわれ、県の美術館も今一魅力に欠けています。

画家としては当時の時代背景を反映してか、聖ヨハネ降臨、キリストの受刑、パウルス五世の肖像、慈悲の七つの行い、羊飼いの礼拝等、多くの宗教を題材とした作品が目立ちます。

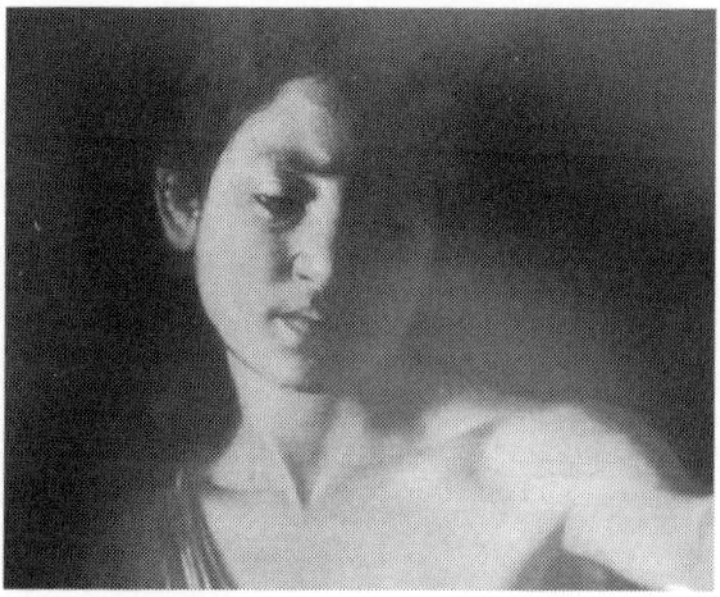

心を揺さぶる作品とともに彼の波乱万丈な常識を逸した生涯、作品と人間との深い関わり合いが我々の好奇心を刺激して止まないのだと痛感します。

この画家を研究する上で基本資料になる同時代の三人の伝記、犯罪資料等、大変興味深い書作があります。ジュリオ・マンチーニは優れた伝記作家で絵画に関する諸考察で彼に関する作品に詳しく述べています。自然よりも優れた自然的美の選択と絶賛されている論評は参考になりました。

久し振りの西洋美術鑑賞に浸り感動しました。

国立科学博物館のミイラ展に寄せて

令和元年末の月から二年二月二十四日迄上野の国立科学博物館で世界から四十三体のミイラが集結展示されました。まさしく新型コレラの発症を見た折に終焉しました。国内最大級の展覧で世界的に有名な遺体が見られるのも珍しい催しでした。

自然にミイラとなったものから人工的に作られたものまで、南米、エジプト、ヨーロッパ、オセアニア、日本、中国、世界各国からの壮大な展示です。文化の違い、死生観、最近の科学の力による情報も飛躍的に進歩し圧巻を呈しています。

最先端技術でグレコローマン時代の子供のミイラでは腕の部分に大人の骨が挿入された特殊な処理が施されています。日本の即身成仏となったミイラもあり壮絶な遺書を残して逝った江戸時代の学者もいます。滅亡したインカ帝国の独特の布で巻かれたもの、古代エジプトの神と崇められていた猫のリネンを用いてつけ足されていたミイラ、オランダで発見された湿地遺体、オセアニアの精霊像、カナリア諸島のミイラ、見るに事欠きません。

永遠の命、各国のそれぞれの死生観が伺えて興味あるひと時を楽しみました。

ピカソの作品に影響を与えた女性たち

二十世紀最大、現代絵画の巨匠ピカソに関する話題は枚挙に暇がありませんが、別な立場から彼の作品の時系列をつぶさに観察しますと興味が新たに募ります。彼ほど多くの女性遍歴を体得した人物も珍しいです。ある意味では彼女達との葛藤からの必然的な影響から作品が制作されたと考察されます。驚異的に十人以上の女性との関係が原動力ともなっているのでしょう。名古屋在住の世界的著名な妖怪写真家山田彊一氏の、今池文化サロンでの講演会はピカソに纏わる話題で、同類の立場から示唆に富んだ解説をして頂きました。十六歳の出世作、科学と自愛はカルメン女史が関係しています。画家教師、父の審査の贔屓もありますが、当時のバルセロナでマガラ市民大賞を獲得します。

一九〇三年二十二歳の折、友人の恋人に振られ縊死したソレルの肖像が、後の第一のエッポク「青の時代」の切っ掛けになっています。この時の彼女がマドレーヌです。次に余りにも有名になったキュビズムの第二のエッポクの台頭には偶然性があり、アビニオンの娘たちの画像の制作にはゴーギャン、ブラックが関与していて、当時の彼女はフェルナンドでした。

抽象的作品の時代にはボトル、ギター。新聞紙などの貼り絵が三十二歳の一九一三年に制作され、この時の女性がエバです。四十一歳の海辺を駆ける二人の女は既婚者のオルガの影響か新古典的作品を描いています。一九三二年五十一歳にはキュービズムのスタイルを部分的に取り入れた夢を製作、当時の妻マリーテレーズは子供マヤを生みます。

一九三七年五十六歳にして、正しく第三のエッポク「ゲルニカの時代」が到来します。この反戦画像を描かせたのがドラマール女史で最後には気が狂い死亡したとも言われています。七十三歳になって、クロードとパロマという子どもが生まれ、この時の女性が不倫して家を出たフランソワーズ・ジローでした。二人の子供があどけなく描写されています。八十七歳、一八六八年は首飾りをした裸の女を描き、女性を嫌らしく描くようになります。ジャクリーヌ、ロックが妻でした。

第七十三回二紀展を閲覧して

令和元年十一月十二日から十七日まで、愛知県美術館で二紀展を堪能しました。小生の趣味の写真の師匠・臼井薫氏や中学・高校時代の友人の画家・荻野正樹氏の出品などを楽しみに、毎年この時期には必ず足を運んでいます。地元始め全国的に恒例の作家が居まして、いつも個性溢れる画像に感動しています。購入の事も考えると、どうしてあんな大きなキャンバスで描くのか不思議に思います。大体、レオナルド・ダヴィンチのモナ・リザにしても精々一メートル四方のサイズです。絵画・写真・書道・工芸品・彫刻と小まめに拝観していますと結構疲れます。かような展覧会、映画等は必ず個人で行くに限ります。気を遣わず気儘に鑑賞できるのが効率的です。

今は亡き天知茂の兄・臼井薫氏は著名な名古屋の写真家で、かつてリアリズムの大家土門拳の高弟でもあり、保険医協会の写真部の顧問をされていたころから個人的にご指導いただいていました。

個性豊かな独特の感性には何時も感動していました。学生時代の荻野氏の画風も彼独特の画題と表現には好感と安らぎすら感じています。今回印象に残った方には「発展途上の原子2」の彫刻をされた梶滋氏、「風景の形」の中村幸雄氏、「洪笑の木」を描いた関谷隆志氏、「福々しい香り」の中村まり子氏、「野に立ちて」の吉岡正人氏の作品に斬新な興味を抱きました。毎回ですが書道・工芸品にはとんと理解が無く素通りしてしまいます。芸術は人生を豊かにします。

ウイストン・チャーチル（ヒットラーから世界を救った男）

世界のＣＥＯが選ぶ最も尊敬する映画として、平成二十九年度のアカデミー賞六部門にノミネートされています。第二次世界大戦でダンケルク・カレーの撤退作戦を断行しノーベル平和賞を受賞、Ｖサインを世に広めた第一人者。愛妻家で恐妻家、朝からスコッチを飲む酒豪、くわえ煙草がトレードマーク、絶対絶命の状況下で首相就任からダンケルクの戦闘まで伝説のリーダーの知らざる二十七日間を描いた興味ある歴史エンターテイメントが上映されました。

英国王をしてあのヒットラーを怯えさせる男と言わしめたリーダー力、国民に勇気と希望を与えた力強い名言の数々、最大の国難に直面し、彼の苦悩と人間チャーチルの型破りな魅力を余すところ無く描いています。

主演者はハリー・ポッターシリーズの名優ゲリー・オールドマンで、型、声、話し方全てにチャーチルになり切った超絶の演技を披露しています。彼のメイクはオスカーノミネートとなった辻一弘が担当しているのも興味深いです。久し振りの感動ある力作でした。

日本食料理人・今川賢治さんの味

私の長年尊敬する日本食料理人・今川賢治さんは素晴らしい名人だと何時も感激しています。もう二十年近く全国に施設を展開しつつあるリゾート・トラストの名コックであり、滋賀県琵琶湖畔のエクシブの和食の総支配人としてご活躍されていて、月に一回はお会いする機会があります。多くの他府県にありますエクシブの和食を戴きましても、この方の制作した作品は何時も素晴らしい出来栄えに感動しています。ホテルに訪れるときは必ず私たち夫婦の席まで訪れられ挨拶されるのも深い感謝の念が堪えません。

毎回訪れましても決して同じものを出されず、アイデアに満ちた創作の数々に満足感を与えてくれます。和定食独特の定番で前菜、吸い物、造り、焼き物、揚げ物、温物、食事、デザートそれぞれに一品ずつ最高の心の籠った作品に感激します。暖かいものはそれなりに、冷たいものはそれ相当に運ばれてくるタイミングも抜群です。制作される方々の心が伝わってきます。当然季節の旬のものを提供される配慮も欠かせません。

中華料理、イタリア料理、焼肉鉄板料理等も食しますが何と言っても和食の内容の豊富さ、食器の芸術性どれを取ってもこの懐石料理に勝るものはありません。ここまで長生きした甲斐があったとつくづく感じる今日この頃です。季節ものと言えば琵琶湖で特殊に養殖された小ぶりの鮎の焼き物は丸ごと骨も含めて食べられ一度味わうと忘れられない風味があります。出された季節感は素晴らしく一皿ごとの食材は何の変哲もないありふれたものですが、それの本質を十分に引き出した料理法には感銘します。まさしく料理人の腕の見せ所でしょうか。日本の食文化は奥が深く世界遺産にもランクされています。

私の人生の中で素晴らしい趣味の一つ日本料理を堪能させていただき感謝しています。

万葉講座・美夫君志会

この会は名古屋発祥の万葉集研究会で今年は八十六周年を迎えます。会の理念は初代会長以来の伝統で、単なる学者の集いではなく一般の市民にも幅広く開放されて気軽に参加できます。私は二十年以上も前から月に一回参加していまして、どれだけ知識を吸収できたか知れません。年に一回は全国大会があり、懇親会も含めて盛大な企画もあります。主に各大学の国文科の院生、研究者がまさしく重箱の隅をつつくほどの発表もありますが、かなりの力作も見られます。印象に残るのは犬飼孝氏の吉野の宮滝での直接の講義、中西進氏の奈良県万葉館の講演、名古屋市の一旅館での学生との合宿、どれほど感激したことか思い出もあ

ります。何時も新装された素晴らしい中京大学の講堂、講義室での開催で快適に拝聴しています。金城大学の片山教授の阿由知潟の実地検証、和歌山大学の村瀬教授、三重大学の村岡教授の八事万葉博物館の案内、お蔭様でその折々に楽しく過ごせました。

今年は入江泰吉の写真展も開催され、幾多の名画面が印象に残ります。大阪での人形浄瑠璃撮影以来八万点に及ぶ撮影には低頭します。万葉は元来民間の歌謡ですので、口ずさみやすく人口に親炙し易いものでしょう。何度、奈良・飛鳥・吉野に赴いたか知れませんが興味は尽きず、全国にもこの歌が民衆に歌われた場所をこの目で確かめられました。

北は東北多賀城、南は大宰府、防人の訪れた壱岐・対馬等、見どころはあります。大伴家持の高岡赴任の五年間は、まさしく万葉歌でも圧巻で中京大学の佐藤隆会長のご研究の成果が伺えます。炎天下の二上山の登頂も印象深く、缶ジュースを暑さのために十本も飲み干したのも忘れません。小学校の修学旅行で初めて訪れた時の歌が脳裏を過ぎり、あの家持の憂愁の名歌「うらうらに照れる春日に雲雀上がり想ひ悲しも一人し思えば」が上げられます。相聞歌の多いのも特徴で、色恋の感情が表現されるのも特徴です。実を言いますと現実に実体験した人しか理解できないと感じます。

折しも今回の話題は大津皇子の見た夕陽でしたが、その姉大来皇女との経緯は二上山を背景に感傷的な味わいがあります。最近一般の方にも理解できるように高岡万葉館の職員が編集した漫画チックな作品も好感が持てます。また当地で終夜四千五百首を市民が一人ずつ三日三晩詠じるのも乙な催しです。いつかは私の好きな大伴家持と杜鵑についてささやかな研究発表をしようと念願しています。旅の好きな私は、必ずこの万葉に関連する地名に興味があり、北九州の神宮皇后の遠征した史所や防人の歌った壱岐の港にも寄っています。全歌集の中で私の最高に取り上げる作と言われたら以下の読み人知らずの歌に決まります。

信濃なる千曲の川の細石も君し踏みてば玉と拾はむ

海外留学体験

名古屋市立大学の医学部大学院を卒業して更に奥深く研究をする目的で、私は丁度半世紀前、海外留学を考えていました。当時は戦後間もなく大学を卒業した若者には、フルブライトによる海外留学が流行していた矢先でした。

肝臓のビリルビン代謝の研究はともかく、海外、特にアメリカ留学の夢は絶大でした。夢にまで見た憧れで、どれほど心がときめき踊らされたか知れません。ボストンのハーバード大学に決まるまではドイツのドレスデン、カナダのウイニペックが候補でしたが最終的にこの地に決まった喜びは忘れられません。渡航が決まるまではドキドキしていましたし、多くの画像、地図等を購入してはボストンに関する情報を収集していました。何しろ歴史的にはアメリカ建国の最初の土地で、有名なイギリスとの焼き討ち事件等は印象に深く残っています。こんもりとした森に囲まれ、チャルス河に挟まれた町の佇まい、赤いレンガ造りの家並みはまさにニューイングランドと呼ぶに相応しい土地柄でした。私の長い人生を振り返り思い出しても鮮烈に脳裏を過るのは、この地に住んだ事績です。

アメリカで一番古い大学で名誉あるハーバードで研鑽を積めたのも幸いでした。若き指導教官も親切に家庭に案内して頂き、家族共々お世話にあずかりました。八月の終わりに初めて赴任しましたので、街路樹の緑、河に浮かぶヨットの風情、大学のキャンパスの芝生にはリスが走るのを目に焼き付けました。

我が故郷満州の犬鷹海東青のエピソード

私は七十七年前、極寒の奉天、今の瀋陽で生を受けました。父母がソウルで戦前生まれているので大陸の血が系統的に入っているのでしょうか。会う人によっては、良く君は大陸的な気質だなあと言われることがあります。年を経るに連れて故郷に対する強い憧れ、ノスタルジーは募るばかりで、人生の終焉を迎えるこの時期、とみに大陸志向が増えてきます。

今年は一月にユダヤ、イスラエルに行き、五月にはモンゴル、八月にはウズベキスタン、九月には北朝鮮・高句麗に参りました。シルクロードの遠大な経路を一つずつ追って行く感がしています。

二十年前には西安、敦煌、ウルムチ、トルファンを訪れています。

特に中国東北地方は多くの民族の攻防が激しく、広大な大地に恵まれ世界遺産の探索には垂涎の的となっています。昨年は日韓交流協会の一員として念願の渤海の遺跡を隈なく巡る機会がありました。遼の時代、女真族は冬に鷹狩りをして獲物の中で白鳥を捉えさせ、その腸の中にある貝の中の黒真珠を取って皇帝に献上していたそうです。

零下三十度にも及ぶ寒さで、鷹をおとりの鳩や雉を使って誘き寄せて捉え、僅か三日の間に不眠不休の獲物の獲得のための訓練を強いるのです。飼い慣らす為に人間との熱い信頼感を保ち、空腹に耐えるために

は麻に油を沁み込ませた鶉の卵大の麻球を食べさせ、十二時間後に不消化の脂肪の塊の麻球を吐き出させます。鷹は本能的に不消化な物は一日後に口から吐き出す習性があるようです。

春にはシベリアの奥地に帰らせ解放する習わしです。

清朝の頃は特に女帝西太后に献ずる黒真珠は貴重な宝として重宝がられ、民族の恨みを買って女真族が遼を滅ぼした原因にもなっています。今では世界中で鷹狩りをする風習の残っている国はほとんど無いようです。

不思議なことに人間の生まれた環境によって、その人の長い将来に亘って性格、気質にどれほど影響を及ぼすか重大な要素になっているようです。長年培われたこの風習は民族の伝統的な誇りとして今でも蒙古モンゴル辺りでも残っています。鮭は必ず生まれ故郷の川に遡上する本能があるように、私自身も高齢になるにつれてそこはかとない大陸の懐に収まりたい衝動に駆られています。

義理の祖父も戦前は平壌開城に住んでいた関係で、私も四、五歳の頃はこの地を訪れていました。古代高句麗朝鮮の当たりからハルピン、松花江、牡丹江も懐かしい思い出の地でした。

最近の日本人が失って来た心を痛む

ほぼ毎年のようにテレビで放送される外国人による弁論大会を見ています。大概十五名程の全国から集まる留学生、社会人、色々な層からなる世界各国からの多彩な集まりです。何時も感心するのは驚くほど流暢な話し方で、とても海外の方が話しているとは思えない内容で、僅か五分程度の中に豊かで充実した興味ある時間を傾聴しています。

今年は私もさすがと思いましたのはカンボジアからの日本古代文化研究に来られた方が、最近日本の社会で、ともすると失われつつある伝統的な日本特有の心情、アイデンティティについて鋭く論破されたテーマで首位を

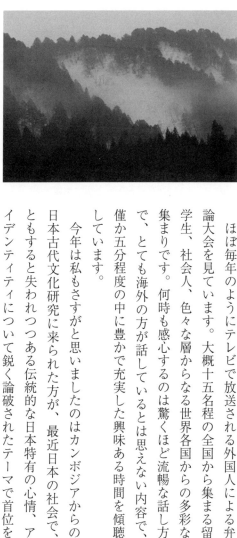

獲得したことです。また、中国の若い留学生は恋人の会話の中で求愛結婚の申し出に対して、「考えさせて下さい」という日本人独特の他人に気遣う話ぶりを取り上げていました。よくぞこの会話に対応した話題を提供していたのには感心しました。この方は次席を勝ち取っています。

万葉集にある有名な「信濃路は今の墾道刈株に足踏ましなむ靴履け我が背」（詠み人知らず）の歌詞を取り上げて、千五百年も前の古代日本民族の心情を良く咀嚼していました。近年、ともするとこのような思い遣りの発露を果たして持っている人はいるのか疑問に思います。中央アルプスの小高い丘の上に信濃路・園原の道端に国学者犬飼隆の万葉歌碑が建っています。大伴家持編纂による歌集の中に採択されていて感慨が湧きます。名もない一片田舎の村民の何気ない言葉に、まさしく日本人に特有な心象表現が素晴らしいと思います。日頃、万葉集が好きな私はこれによく似た次の「信濃なる千曲の川のさざれ石も君し踏みてば玉と拾ろはむ」（読み人知らず）の作品を四千五百首の集中最高傑作として愛でてきました。

この内容を素直に理解出来得る今の若者達はいるのでしょうか？　恋人として持つには、私自身この歌の趣旨を納得する人を求めます。高価な宝石、プレゼントを互いに供与し合うセレブな人達の風潮に警鐘を投げ掛けざるを得ません。

失われつつあると以前から痛切に反省、懸念していた事実が東南アジアの一角カンボジアの方が深く感銘して、それを弁論大会に取り上げている事に驚きを覚えます。

このような現象は例え海外の異民族の方にも感受、感得されているのには、なおさら驚嘆に値します。選者の方々が最高得点を与えたのも納得の行く共感を覚えました。感謝の気持ち、思い遣り、労わりとか、物・人に対する情感は万国共通なのだと痛切に感じています。

冤罪弁護士今村核氏の活躍を尊敬しています

日本の法曹界、特に裁判所に立件された犯罪判決の九九、九パーセントが刑の確定が一審、二審にまたがるにしろ確立されていて、我が国の場合は確認するに過ぎなく海外では一般に犯罪が有罪か無罪かを断定するだけだそうです。著名な刑法学者・平野純一の論文でこの点の矛盾を追及していましたが、それに旬報弁護士会所属の有名な今村核氏が感銘を受け、以来世間を騒がす冤罪事件の度に彼が浮上しています。ほとんど成功不可能と言われる懸案に関与し、今迄に十四件も無罪を勝ち取っています。

このこと自体に驚きを覚えますが、彼の生い立ち、環境、弁護士の父との密かな関係も見逃せません。母・宙子の話によれば、子息核氏は既に幼少時代から正義感が強く、いわゆる弱者に対して深い愛着の念が芽生えていたそうです。父の背を見て成長し、東大法学部を七年もかけて卒業したのは、弱者救済のサークルに没頭し、留年も厭わなかったからだったそうです。

寿司職人の放火による犯罪は、その綿密な矛盾から、かつては検察側が厳しく追及したため自供を強いられたにも拘わらず、法廷では立派に論破し無罪を勝ち取っています。最近では電車の中の接触セクハラ問題が後を絶たず、かなりの比率で被害者側があらぬ疑いを立てられ、いわゆる冤罪事件に遭遇しています。これらの案件に立ち向かう弁護士として果敢に活動を広げています。

本人はなぜこんな不利な弁護をしなければならないのか葛藤に悩み、成功不可能な事案に遭遇しては何度か仕事の転向も考えていたそうです。同僚には単なる趣味の行為としか受け止められないようです。世の中、権力に逆らって生きていくことの苦悩は計り知れません。

最近では水俣病の件で、亡くなられた作家の石牟礼道子の『苦海浄土―わが水俣病』が注目を浴びていますが、このような社会問題を底辺から弱者の立場から問い直す重要性が叫ばれているようです。医療問題についても然りだと思われます。

ナチスドイツの蛮行に潰えたユダヤの民を、死を持って償った神父の話題、リトアニアのパスポート作成に携わった杉原千畝等、弱者救済の視点に立った行為は枚挙に暇がありませんが、常に時の権力に立ち向かう反骨精神を維持するのは並大抵ではないと思われます。その意味で法曹界の今村核氏には絶大な尊敬の念を抱いています。益々のご活躍を期待して止みません。

平成の終焉をまぢかに迎えて

今年も既に数か月経ちました。思えば光陰矢の如し、あっという間に時が過ぎ往きました。年を得る毎に気忙しく慌ただしさがますます増えて来るのを自覚します。今年は傘寿を迎えることになります。どこに行きましても人混みの中では自分が最高齢です。昨年末、仕事場の忘年会がありましたが、多くの若者が余興で謳う歌声はとんと理解が出来ず全く音楽にはなっていない叫び声としか聞こえません。このところ、変革問題意識の多い年

はないでしょう。北の課題、世界情勢の変革、我が国の政局の変貌、東京都制の抱える難題、社会倫理、不道徳の問題、高齢化福祉の弊害、超低金利の財政低迷、枚挙に暇がありません。老老介護、老人貧困問題、どれほど個人の自覚を促す必要があるか痛切に感じます。

断捨離は日頃頭痛の種です。膨大な夾雑物が所狭しと我が牙城に山積して、何時かはと思いつつ今日に至っています、何かしなければと、常日頃、あくせくして一日が急速に過ぎ行く今日この頃です。老いの嘆きは時には鬱を併発し、何れかは認知症に進行するのでしょうが、日頃、介護施設に携わっていますと明日は我が身と思われます。先年亡くなった百歳の母の遺骨の収納に積雪多き永平寺に参禅しましたが、仏教界の名刹、心引き締まる思いに浸りました。ひたすら打坐は既に世界的にも流布して老若男女が心の癒しを求めて凄まじい流行にもなっています。夕陽が沈まんとする瞬間に太陽がキラリと一瞬輝く時間がありますが、今、まさに自分はこんな状況にあるようです。今年もまた安寧平和であること祈願して止みません。

生命エネルギーの超人エドガー・ケイシー

この人物の名前だけは既に以前から知ってはいましたが、先日名古屋の映画館で鑑賞する機会があり、彼の生きざまをつぶさにこの目で見せられました。確かに二十世紀最大の超人と言われるだけあり、その膨大な記録により、有名なリーディングによる健康法は一読に値します。生前多くの、主に病気で悩める人の疑問に答え、霊体、魂体、メンタル体、身体、あらゆる方面からアプローチしている姿勢に感動させられます。

テロ、犯罪、対立、戦争……、人心の荒廃が進む現代社会に生き方の道筋を示したドキュメンタリー映画、白鳥哲監督の「Ｔｈｅ Ｒｅａｄｉｎｇ」では、ケーシーの人生のあらゆる側面を描写して納得のゆく共感を与える作品に仕上げています。国際映画祭のグランプリを受賞し、三年三ヶ月の国内最長ロングラン記録を樹立し、サムシンググレートとの対話、蘇生、不食の時代、愛と慈悲の少食等、

常に示唆に富んだ映画を撮り続けている姿勢に感心します。

ホリスティック医学（全体的医療）の原点と言われるエドガー・ケーシーは催眠状態に入ると、相手が何処に居てもその肉体を透視し、病気の原因やその治療法迄、的確にリーディングする（述べる）事が出来たと言います。彼がリーディング中に語るその知識は医学のみならず、たとえ宇宙に付いての質問にも的確に答える事が出来たと言う。

一体この驚くべき才能はどのようにして生まれ、培われたのか、神は何故この不思議な能力をケーシーに託したのか。現代人の抱える悩み、病をモチーフに日本ではエドガー・ケーシーセンター会長の光田秀氏の活躍や、たま出版による『人生を変える健康法』を執筆された福田高規氏の力作が参考になります。

リーディングの真実性については、性格分析や生活環境の描写が遠距離でも可能であり、予言が的中し、膨大な採取された資料に一貫性がある。歴史的事実が後に史料に当たって見ても正確である。その指示に従う人に有益な変革的影響を与えている。宇宙論的、哲学的、心理学的な思想体系が驚く程完璧に近い一貫性を占めております。

ワールドリーディング別名リサーチ・調査は極めて多様な分野、地質学、天文学、物理学、考古学、政界の政治経済、地球の地殻変動の原因、等に言及していて、具体的には第一次、二次世界大戦の始まりと終わりを予言しています。要するに宿命論と運命論とは、はっきり切り離して考慮すべきだと述べています。久しぶりに興味ある書籍に巡り合えました。

愛知県麻酔科医会　第八回学術講演会を拝聴して

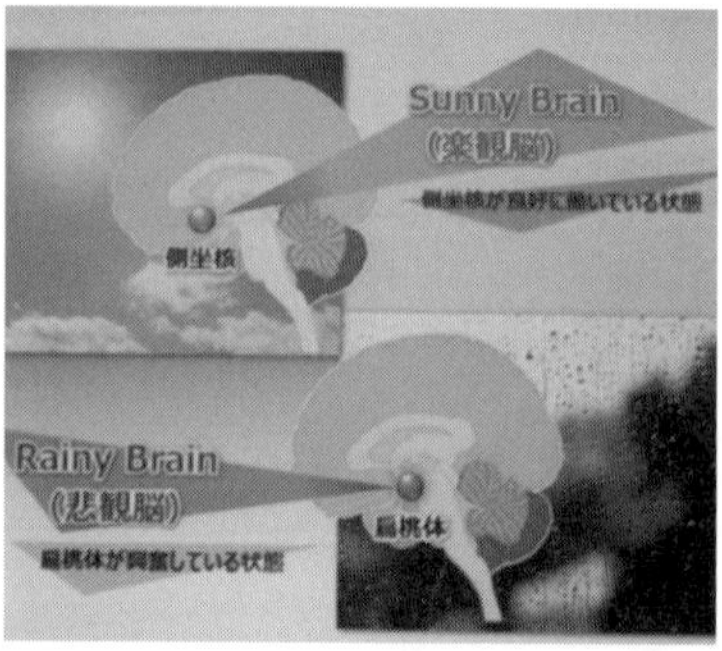

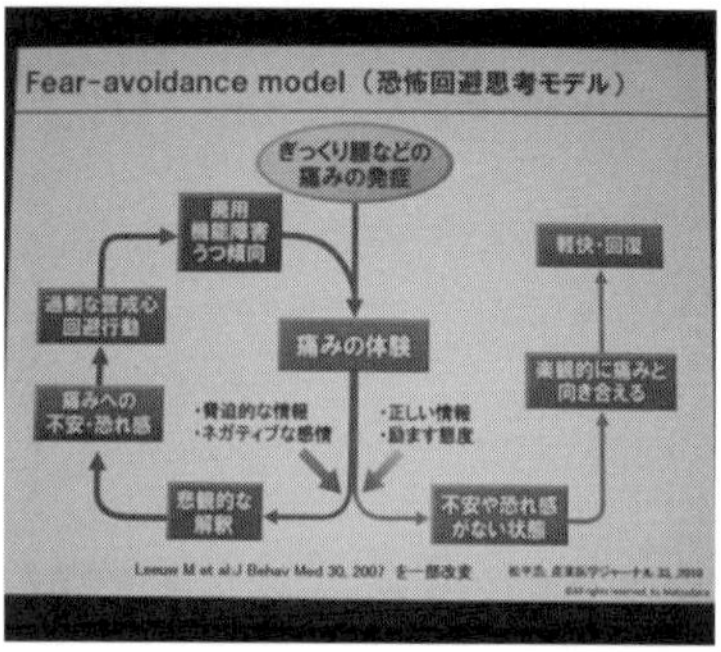

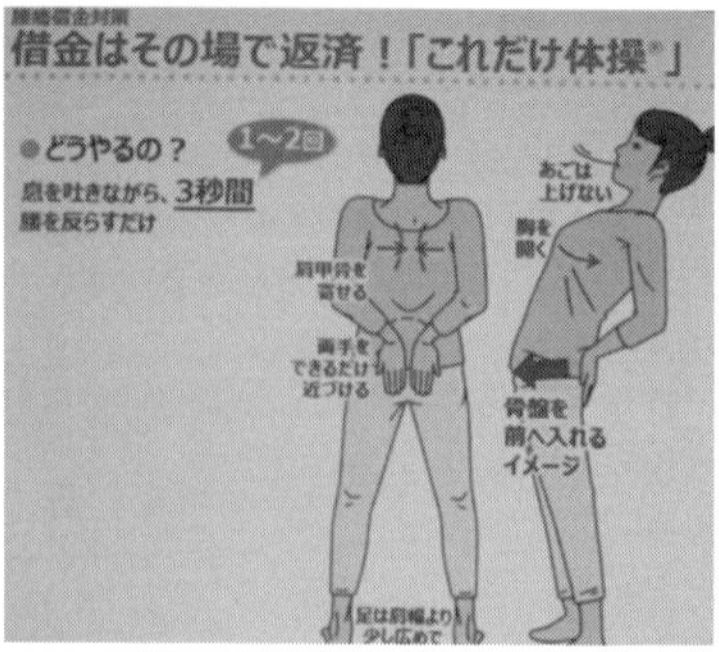

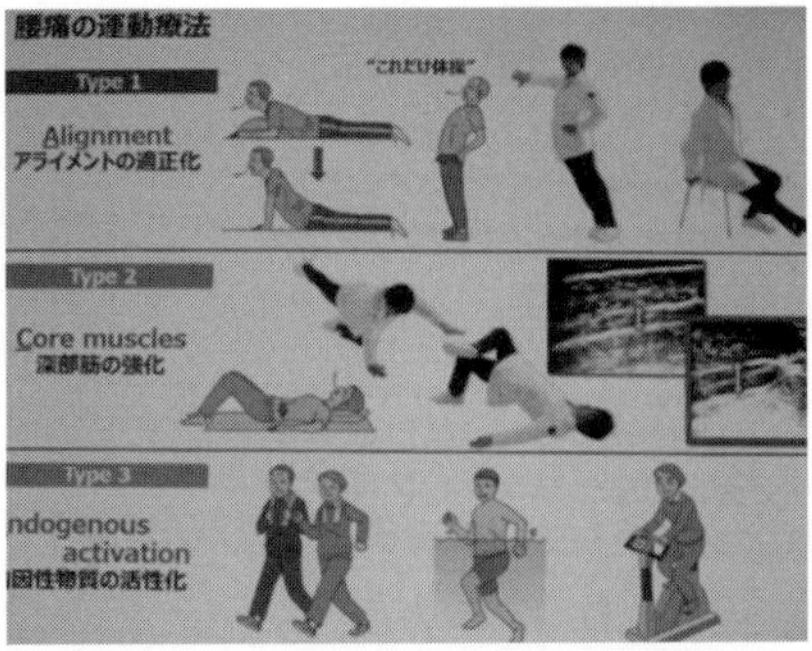

平成二十九年六月三日、ホテルメルパルク名古屋で日本臓器製薬のノイロトロピン最新情報の説明の後、東京大学医学部附属病院二十二世紀医療センターの特任教授・松平浩先生の〝私の考える運動器慢性疼痛のマネイジメント〟とＮＴＴ東日本関東病院のペインクリニック科の阿部洋一郎先生の〝ペインクリニック、整形外科。リハビリテイションとのコラボレーション現状及び今後の展望〟についてのご講演が二題ありました。特に松平先生には、直々、懇親会の席では小生の変形性膝関節症についても的確に診断治療にもご指導いただき大変光栄に思っています。先生はＮＨＫの「ためしてガッテン」等のテレビ出演もされ、多くの分かり易いご著書も発行され精力的にご活躍の新進気鋭の素晴らしい御仁です。大変勉強になりました。

興味深い法医学の著作

兵庫医科大学の法医学教授西尾元の二冊の興味ある書に最近遭遇しました。医学の領域は幅が広く基礎医学、臨床医学、多岐にわたり読む機会はあります。ともするとマイナーな解剖法医学の分野は余り覗く機会はありませんが、特に日頃臨床を扱う私たちに取っては、一度は閲覧する必要を痛感しました。ドイツの作家リルケの「死とは私達に背を向けた光のない生の側面である」とは良く言い尽くしてあると想います。西尾先生は二十年来、今までに手掛けた遺体の数は三千体以上にもなり、それぞれに司法解剖、調査解剖、監察医解剖と教育に研究にと多忙の中でよくぞこなされていました。

解剖台の上の声なき遺体に秘められた生前の生きざまがど

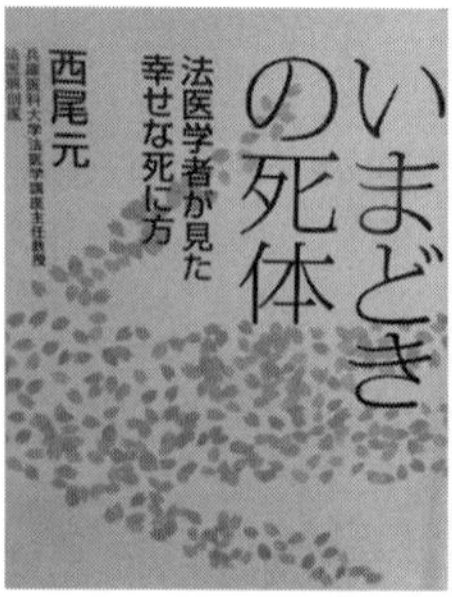

れ一つとして同じパターンのない体験に興味深く読破出来ました。最近の十年来、全国的にも解剖する件数は膨大に増え各大学も多忙を極めているそうです。全国的にも事件性で話題になった力士の若い弟子の異常死、大口病院の看護師の点滴による中毒死、これには死因の解明に苦労されたエピソードも伺えます。

マスコミ上では「科捜研の女」等で何時も興味深くリアルに遺体解剖が描かれていますが死因の探求には参考になります。特徴的なのは独身者、高齢者の孤独死が目立ち、生活保護の受給者が大半を占めているそうです。最近は熱中症で屋内外での死が多く、痴呆認知症アルコールによる路上凍死、自殺、マンションの一室で死後長くミイラ化した遺体、溺死、交通事故死、中毒死、焼死体の肺気管支の状況、異臭の問題、人は死後緑色になってくる傾向がある、色々なパターンが観察され医学的にも初めての治験でした。

一般的に見られる縊死絞殺創傷の特徴、鈍器等で医学に関係のないあらゆる知識、DNAの判定、家族との関わり、生きていた環境に、その人の人生観まで観察参考にする洞力が求められ、この分野の活躍は将来性もあり一読するに値します、人の死は格差が見られ、これから自分はどのような終焉を迎えたらいいのか考えさせられます。色んな意味で人の価値は五百万円だと言われる著者の思いも頷けます。西尾先生に敬意を払います。

産業医の工場実習体験

日本医師会が産業医の義務付けとして二十年来、修得科目として専門分野の実地体験、基礎的知識の学習を行っています。初期の取得には五十単位が課せられ、初めて産業医に登録されますと、適当な事業所、会社、工場等の産業医顧問として雇われます。この間五年間が経過しますと、後は再登録の為に二十単位の各部門にわたり学習習得のため講義や実習の必要性が果せられます。

私の実習体験として、今までにトヨタの工場の車の生産現場を訪れたり、西区のキリンビールの巨大な工場を見たり、横須賀にある衛生陶器の東陶の製造現場を訪ねたり、日頃滅多に見る事のない情景にただ驚くばかりです。産業医としては従業員が五十名以上の施設では必ず一名が対峙することが法で定められています。十年以上も、名古屋市医師会の産業医の顧問として、週に一回会社からの要望で対応していますが、最近、過労超過勤務

の案件が増え、労働人口の激減に何処の会社も苦慮しています。

この度、平成三十年六月十三日に、豊橋から一時間ほどの山間部にある新城の巨大な敷地の横浜タイヤの工場見学をする機会が持てました。先ずもって滅多に見られないあのタイヤの生産過程がつぶさにこの目で見られるのは貴重な体験です。天然ゴムと人工ゴムを掛け混ぜベルトコンベアに乗せ、僅か数時間で完全なタイヤが生産されるのは脅威で、一日三万本も出荷されるそうです。

このマンモス施設内ではさすが、夏場には空調設備があるとはいえ、蒸し風呂の如き暑さでは職員も気の毒です。先ずもって作業員の少なさに感心しますが、大半がベルトコンベアで最新の工場の設備です。あの薄いタイヤでも少なくとも十種類の加工がしてあるとは知りませんでした。従業員の数は数百人はいますが、この人手不足の時代で確保するのは並大抵ではなさそうです。

衛生管理は素晴らしく充実されていて、危険事態が発生しても自動安全装置が作動して近代科学の粋で安全に運営されています。海外のオランダにも姉妹工場が設置され、まさに日本の産業もグローバル化されています、半日素晴らしい知識の習得が出来ました。

女医の花道

主婦の友社出版の前編・続編二冊の『女医の花道』おおたわ史絵著。ボリュームたっぷりの書は我々医師にとっても、特に女性ばかりではなく男性に対してもユーモアに富んだ医界全般にわたる情報に興味が尽きません。東京の下町界隈に育ち、一介の女性医師として世界に一校しかない女性だけの医学校に入学して基礎医学を学び、臨床医を目指して孤軍奮闘する有様は滅多に見られない体験の連続で、医学教育独特の封建制の残った世界を垣間見られます。

学習体験研修医時代、国家試験、医局の体質、患者とのトラブル、女性独特の悩みなど、私の七十年も前の修業時代を髣髴とさせます。

一九九七年の九月に週刊朝日の「デキゴトロジー」でメディアの活動を開始し、ラジオ日本で独特のパーソナリティぶりを発揮し、テレビ、雑誌、講演に活躍し独自の視点から

現代の心理、世相を分析し、ストレートで的確で分かり易い話題提供に好感が持てます。

　これから医道に携わる諸氏に取っては大変参考になること請け合いです。将来どの道に進むにしろ、若き初期の時代は艱難辛苦、鉄は熱いうちに打たれてこそ大成するものだと痛感します。私はインターン制度が初めて制定されたオリンピック開催の年に名古屋の公立病院で研修しましたが、この時の体験エピソードは何時までも忘れられません。また医学生の頃、瀬戸内海の宇和島の市民病院でひと夏を研修生として過ごしましたが、まさに三島由紀夫の潮騒の画面を髣髴とします。

　書籍から学ぶのでなく、患者様から学ぶことが実に多いのを痛感します。医学は体験経験の集大成だと思われます。多くの死に直面し、分からない病態を探求するのに四苦八苦したり、病理解剖に携わったことが懐かしく思われます。今ほど、或いは、いつの時代でもそうでしょうが、医療に関するマスコミの力の入れようは異常とも取られます。ドクターX、ドクターヘリ、ベンケーシー、死亡したケーシー高峰、枚挙に暇がありません。人の生死、家族愛、人間の尊厳、先端医療の問題、医療はまさに総括的な人間学を取り上げるもので、今回の書籍もその点をよく理解して書かれており示唆に富んだ圧巻でした。一読をお勧めします。

長年の医療過誤を体験して

六十年以上も医療に携わってきて、何らかの医療事故過誤に遭遇する機会は少なからずあります。勤務中は然りながら、長年個人で開業をしていますと必ず誰もが体験することになります。それこそ患者様本人に帰属する問題もありますし、医師自らの不注意による事故もあります。患者さんの生死を分かつような、それこそ重篤な場面に遭った記憶もあります。常に最高の謙虚さ細心の注意を払って来たつもりですが、些細なミスは人間誰もが起こすものでしょうか。決して完無とは言い難いと思います。

点滴中に不穏になったとか、外国の女性に筋肉注射をした後、不意に倒れて困惑した事、一概に医療ミスとは言えかねないかも知れません。うっかりミスに、ヒヤッとしたミス、投薬ミス、忙しさにかまけるミス、あらゆる思いもしない事件が発生します。ある時は自分の仕事に自信を無くし途方に暮れ自死すら願った事もありました。

ほとんど連日の如く医療過誤ミス訴訟問題がマスコミを賑わせていますが、明日は我が身だと何時も反省猛省を怠りません。仕事で、患者様と医師の間に立って判断認定するレセプト保険の審査委員を預かっていますと、どちらの立場に立ったら良いのか困惑する機会も多々ありました。権力に盾付いて申し立てをしていた若い頃の自分の姿に居心地の悪さも感じていました。ある意味では、今は長いものに巻かれろで、反抗したり意義を申し述べる事も控えています。矛盾に満ちた生きざまに我ながら残念にも思いますが、年のせいで丸く収まる性格になってきたのでしょうか。

どうしても過誤が生じた場合は公にせず内密にしがちですが、第三者が常に介在していた方が有利なことは確かです。従業員のパワハラ、セクハラはその機関のイメージにも関わる問題なので慎重にすべきでしょう。何処の仕事にせよ、先ず働く人が楽しく諍いなく心地よく働ける環境が第一です。こんな雰囲気なら医療ミスは起こりにくいはずです。

学生の頃、遺戒についてヒポクラテスの誓い、緒方洪庵の遺戒等を学びましたが、何時までも忘れることはありませんでした。幸い医療訴訟に至る程の事例は体験しませんでしたが、あらゆることに遭遇してその都度勉強して行く他、対処の方法がないようです。先ずどんなことにも誠心誠意を示すのが一番です。中には不貞のやくざ紛いの方も居ましたが、思えば何とか上手く対処していたと我ながら感心しています。よく病を見る前に先ず人を見ろと言いますがまさにその通です。今ほど、マスコミ報道、娯楽番組、ドラマにおいても、病気が人間模様の対象になっている時代はないほどです。新型コロナウイルスの問題にしても、専門家、マスメディアの対応、政治家の姿勢、それぞれ興味が尽きず複雑な問題を抱えて困惑した時代です。

医療機関の近辺の評判は重視すべきです。今はネット、マスコミの時代でまたたくまに風評は飛来します。注意万端怠り無く対応すべきです。お陰様でこれと言った重大な医療過誤には遭いませんでしたが、何時までも心して慢心にならないようにしています。人と人との人間関係が上手くいっていれば問題は提起されないと確信しています。

「死に向き合うこと」六十年間を振り返って

職業柄、人の死に臨む機会はどれほどあったか、傘寿を過ぎて年を取って思い出すのも懐かしいものです。意外に、どの症例に遭遇してもよく脳裏に残っています。先ずは医学部の基礎の講座で初めてご遺体の解剖に接します。溺死、轢死、転落死、絞殺死体にお目にかかる機会もあり、生々しい体験は不快で嫌な思いもします。何と言っても未曾有の伊勢湾台風の死者が五千人もいましたから、当時二年生の学生でしたので川に流された遺体をボートの上から引き上げたり、港区の南陽中学校の校庭にトラックで運ばれて来たたくさんのご遺体を生木の棺桶に入れたりしていました。何せ夏の終わりとて、蛆が湧いていたり、悪臭は耐え難いものでした。

学生の頃、病理の教室に顔を出していた関係から附属病院で亡くなられた方々を解剖する機会が多々ありました。

この時つくづく、自分が死んだら、亡くなられて解剖された方々のご恩に報いるべく献体を希望することに決めました。卒業後、病院勤務で当然主治医として見させて頂いた方々の病理解剖には何度か立ち会いました。学生時代、臨床講義の中で一人前の医師になるには少なくとも二十体の死体解剖をしなければならない、と教えてもらった記憶もあります。たくさんおられた中でも特に印象に残ったのは若い女性で子宮癌を患い、多臓器の転移があり死後の家族への思いがあった方、サラリーマンで前途のある働き盛りで再生不良性貧血で亡くなられた男性、胃癌の末期で随分悩まれていた会社の社長、アルコール性肝炎で肝硬変に至り腹水に悩まされていたヤクザの幹部、珍しい症例では粟粒結核で肝臓が広く侵されていた老人、寿司屋の若い衆で劇症肝炎で僅か一週間で亡くなられた方、若い女学生で全身性エリテマトーデスの方で当時は何もなすべき治療もなかった方等、思いがいろいろありました。

開業してからは交通事故の検視、縊死の立ち合い、滅多に重症の方は居ませんが歯齦から出血した主婦が急性白血病に罹り、僅か一週間で亡くなられた事例、皮膚科の悪性黒色腫は外国の方も居て二人体験しました。死体解剖には開業してからはほとんど立ち会いませんが、主治医としてはそれぞれに忘れがたい経験です。父の逝去の折にも、病名がわからず、解剖して頂いて原因解明にどれほど納得したか知れません。

現役引退後には介護施設で、高齢の方々の看取り、見守り、死亡診断の記載に携わりますが、一般に言える事は臨死の状態では殆ど苦しまれる方は居ません。皆さん安らかな死を迎えているようです。医療に半世紀以上も携わり一体どれだけの死に立ち会ったのか数えたことはありませんが数百体は確かにあります。

かかりつけ医を持つ
人生百年時代の患者学

　元名古屋市立大学の内科臨床教授で医局の後輩、奥田宣明先生から令和二年四月に、上記表題で上梓された素晴らしいこの書を小生に贈呈されました。基礎医学として外科学生理学を納められ、大学で臨床内科を講義され二十年前に実家の開業を継承されました。敷設の介護施設でも幅広く医療に携わって来られた実体験を広範囲に論じています。第一章から九章まであり前半は私達医師の為の基本的な参考に寄与されたこと、後半は高齢化社会に対処すべき介護、在宅医療、患者との確執を内容豊かに論述されています。免疫、ホメオスタシス、メタボリック、ＥＢＭエビデンス、ＱＯＬ等、何故内科を専攻するに当たり生理や外科を学んだか、その理由が良く理解されます。

　療養訓の記載で名古屋の江戸時代の有名な俳人横井也有の事は存じて居ましたが、この人が健康十訓、例の少肉多菜、少塩

多酢、少衣多浴、少糖多果等を唱えていたとは知りませんでした。不安があるから患者は受診するので、その痛みや感情を癒し和らげるのが信条だと筆者は述べられています。謙虚で真摯な態度に感動しました。又ある時、僧侶の講演を聞かれて、宗教の目的はまさに医療そのもので人の悩み辛苦を排除するのと全く同じだと痛感されています。

医学はサイエンスだが医療はアートだと思われ両者の相違を指摘されています。近未来ＩＴに取って代わる医師の在り方にも言及され、セリエのストレスに就いても詳しく説明されています。診察に当たっては三つのＳ、つまり誠実に、迅速に、上手にを日頃から心がけておられる姿勢に同感を抱きます。かかりつけ医に求められる分析力、生活習慣病の対処、老化のテルメア、マスコミの誤ったサプリメント、認知症とうつ病の問題、運動、ダイエット、生活のリズム感それぞれ興味が湧きます。コンプライアンス、アドヒアランス、コンコーダンスこの三つの概念も診療には必要になっています。中国の小品方に上医、中医、下医が掲載されていますが、まさに彼は国を癒す名医国手に値する尊敬すべき私の知人の範疇に入ります。

第二章

国内旅行見聞記

旅の醍醐味

今年で傘寿を迎えるに当たり自分の人生の中で旅に占める割合が如何に多かったか振り返ってみますと驚きを隠せません。松尾芭蕉の奥の細道の旅に擬えると人生そのものが旅だと言えます。とりあえず国内から述べますと、この年になっては、ほとんどの土地を訪れています。

北は北海道、宗谷岬から南は壱岐、対馬、宮古島、懐かしい思い出が何時までも募ります。大概若い頃に一度は訪れ再度、高齢になってからも同じ個所を訪ねる事もあります。

旅に付いては私自身三つの大きな楽しみをいつも抱いています。先ず旅立つ前の計画から来る期待感、準備期間のワクワクする想い、第二は旅の途中、その間での体験、経験、出会い、これが一番楽しいのですが、第三には旅の後の余韻、残務整理、写真の整理等、旅で逢った方々との交流等があります。

北の果ての宗谷岬では、北方領土の問題で終戦を迎えた時の真岡での電話交換手達の苦難の出来事が印象に残ります。北海道には異国情緒の魅力もあり、四、五回も訪れましたが、美帆、旭川、阿寒湖、登別、釧路、支笏湖、網走、礼文島、知床岬、皆それぞれに忘れ得ぬ思い出があります。広大な自然に日本とは思えない情緒は格別です。矢張りハイライトはオホーツクの流氷が見られ、船で回遊した気分は乙なもので多くの画像に収めました。

札幌雪祭りの氷の造形物は毎年観光のハイライトで、一度は見る価値がありそうです。摩周湖の神秘な佇まい、函館の夜景に感激していました。学生の頃初めて訪れた昭和新山と洞爺湖の友人との出会いも青春の一ページを飾りました。クラークの胸像のある北海道大学の境内も北国ならではの雰囲気があり興味が尽きません。

東北はさすが、何処に行っても閑散として活気が感じられず、リンゴの収穫期かバスの窓外から赤いリンゴの実が点在して見え懐かしい気分になりました。一関から奥州平泉の探訪は何度訪れたか知れませんが、その都度歴史的事実に感動して来ました。蔵王の冬の景色、万座温泉体験、会津磐梯山などは我が国の豊かな観光資源の御蔭です。那須高原は以前からリゾート・トラスト・エクシブの避暑地があると知っていまして、いつかは会員として訪れたかったのですが、四囲の山並みに囲まれた盆地の地形で、余り魅力はありませんでした。栃木の日光東照宮、茨城の水戸、千葉九十九里浜、小湊も訪れました。東京は何度訪れても住む所とは思えません。

箱根、近畿、京都、大阪、和歌山、奈良、どれほど旅したか知れませんが鮮明に記憶に残ります。山陰、鳥取、岡山、山口、広島、徳島、愛媛、高知、日本は各地が箱庭の如くそれぞれに魅力を感じます。

九州は意外に土地は狭く僅か二泊三日でも五つの府県を巡れます。

歴史好きな私は縄文時代から、大陸との往来、邪馬台国論争、多くの古墳の散策、魏志倭人伝のエピソードを胸に描き、何度この地を訪ねたか知れません。熊本、宮崎、大分、鹿児島・指宿、壱岐、沖縄・八重山、美しい風土の鑑賞に幸せを感じます。

興福寺の魅力

小学校の修学旅行以来何度訪れたか知れませんが、毎回尋ねても新たな発見があり感動させられます。誰でも経験するのですが近鉄奈良駅を降りますと、直ぐに目に入るのは興

福寺一帯の情景です。五重塔、若草山が見られ春日神社の境内、奈良公園の鹿、猿沢の池、奈良ホテル、老舗・菊水楼、皆懐かしい思い出があり記憶が鮮明に蘇ります。

何と言っても一番の魅力は私の長年の思い、最愛の、今は無き西金堂にあった八部衆の内、脱乾漆像の阿修羅の像にお目にかかる事です。古い懐かしい恋人に会いに行くような感性でじーと眺めて自己陶酔さえしています。どこか憂いを秘めた苦悩の少年の顔立ちですが信仰の対象として大衆を引き付けて止まないのでしょう。藤原鎌足に始まる天平時期の歴史舞台、平安時代の再興、鎌倉時代の運慶一族の仏像の宝庫、まさに日本の寺の最高の魅力を秘めています。

度重なる火災に遭い、その都度、時の権力者藤原一族により再建されて来ましたが、特に鎌倉時代初期の康慶作木造の国宝・不空羂索観音は大衆の誓願を担う本尊とされ、南円堂は創建以来格別な尊信を受けてきた堂宇です。多くの参拝客が御訪宝印を求めたり写経をしています。

この寺院は高僧達に出会える肖像彫刻の魅力に満ちています。生前の姿を知る人の作では無いにしろ、経典に書かれ、或いは伝えられた行跡や性格等によって見事にその人柄を表現しています。

南円堂に安置されていた法相六祖、北円堂の無著、世親、東金堂の維摩居士等、合計十五躯、まさに作品の多さ質の高さにおいても他に例がありません。一般に仏像彫刻には厳格な様式が見られるのに比べ、肖像彫刻には人物の内面に潜在する思想や行動まで表現しようとする意図が感じられ、造形的にも明らかな意識の相違が認められます。

名古屋市医師会の会報の、大和の四季の原稿の画像掲載の依頼があり、年に何度も訪れますが、令和の晩秋に初めて正倉院展を見たり、紅葉華やかな談山神社、正暦寺、浄瑠璃寺、室生寺、長谷寺を訪れ春日大社の目の前の老亭菊水楼の懐石を堪能してきました。最近富に傘寿を過ぎてからは古都に赴く機会も増え、西方浄土もまぢかに迫り落日も遠くなさそうです。

早春の古都奈良の魅力

夜の奈良の散策の機会は滅多にありません。今回初めてのツアー会社Ｋの企画で令和二年二月の立春節分の行事に参加する目的で一泊のバス旅行を体験しました。名古屋医師会冊子の大和路の四季、画像掲載企画の為、取材でここ数年、何度奈良に訪れたか知れません。東大寺の節分会は二月三日午後四時頃に読経が始まり半時間で豆蒔きが施行され、今回は中国コロナウイルスの件で例年になく参加者が少ないそうです。二月堂の前の広場では精々三百名程でした。

その夜は世界遺産、興福寺の追儺会鬼追式です。敦賀からのお水取りを含め、まさに千三百年の昔から伝

統的に毎年継続して行われているとは感動します。厳粛な節分の読経に、夜の暗闇の中で荘厳な雰囲気を堪能しました。その足で春日大社の節分万燈籠を初めて見ました。
神域の静寂の中、散策する気分は乙な物です。次の朝に日本一大きな鳥居を潜り、三輪山麓にある大神神社の暦、上春を告げる立春祭りに参加します。車中の窓外から眺める卑弥呼の墓を初め、多くの山の辺の道の古墳群を垣間見ながら往時を忍ぶ旅は私の細やかな

癒しの対象になって居ます。巫女の舞と宮司の祝詞、楽師達の奏でる越天楽の曲に、さすが古代から培われた神道宗教の奥深い粋を体験しました。

松尾寺は天武天皇の皇子・舎人親王、まさに日本書紀の編纂を担った人物でこの寺を創建しています。法隆寺の学層が勉学した寺だけあり、深山幽谷に位置し一度は訪れたい名刹です。矢張り時は今、立春厄除け祭りと七福神祭、大黒天念持仏が公開され住職の詳しい説明に感謝します。奈良は何時訪れてもお互いの寺院遺跡施設が点在しているとは言え、比較的距離的には近いので短時間で巡ることが出来るのが魅力です。毎回ノルディックステッキを二本も突きながらの探索はさすが限界を感じます。西大寺の重要文化財の秘仏・愛染明王像御開扉の貴重な時期に恵まれたのも幸せでした。有意義な早春のひとときを謳歌出来ました。

「近つ飛鳥博物館」と王家の谷、古墳群を訪ねて

平成三十一年三月十五日、古代遊学会からバスで総勢三十名、奈良二上山の大阪側の太子町に所在する近つ飛鳥博物館と、その周辺の聖徳太子所縁の叡福寺、推古天皇廟、二子塚古墳群等を散策しました。飛鳥に就いては、近つ飛鳥（大阪に近い方）と、遠つ飛鳥（奈良に近い方）が存在する事を、初めて館長の説明で知りました。自然豊かな閑静な丘陵地に建造され、周囲の雰囲気に実に良くマッチしています。大阪の著名な建築家安藤忠雄氏の設計と知り感動します。

館のレイアウトは素晴らしく石器時代、縄文、弥生、古墳、古代、中世、近世、近代と、整然と展示されどれだけ時間があっても飽きません。大阪府内の埋蔵文化遺跡の最新情報を隈なく理解できます。

この展示館のハイライト、印象に残るのは仁徳天皇陵のレプリカで、当時の制作状況がつぶさに想像できます。往時は葺石で全面を白く覆っていたのが、現在では森林が青々と

繁茂しているのを見ますと感無量です。さらに八メートルもある巨木の修羅がそのまま展示されて居ることで古代の巨石を運搬した様子が想像できます。大阪府には高槻市、茨木市、摂津市、吹田市、堺市、交野市、松原市、牧方市、八尾市、豊中市、狭山市と、ほとんど隈なく史跡が存在していて興味が尽きません。

バスの窓外からは周囲の低い山並みが見られ如何にも墳墓が造営された雰囲気が理解で

き、小野妹子、西行法師、敏達陵、用明陵、源義家陵、幸徳陵が散在しています。ゆっくり散策出来たのは叡福寺の聖徳太子所縁の霊廟で広大な境内には驚きます。親鸞、弘法大師に纏わる事蹟も見られ時代の古さが伺えます。日頃、ともすると奈良方面ばかり訪問して金峰山葛飾二子山の裏側の大阪方面に足を延ばす機会が少ないので、今回の遺跡巡りは成果があります。

大和路の夏

誰でも訪れるポピュラーな名刹は人混みもあり、落ち着いた静けさを求めるには向いていません。

夏こそ奈良盆地の東側でお勧めなのが山の辺の道と、東は金峰山の麓、葛飾古道を散策するのがベストだと思っています。街道筋の小さな駄菓子屋、骨董品を売る店、奈良漬け、葛餅、柿の葉寿司に眼をそそられ当地の風物詩が味わえます。

団体で訪れたり、家族・親しい友人と探索するのも良いのですが、自分は矢張り一人で束縛の無い自由の身を享受しています。万葉が詠まれた地であると認識しています。

二上山の大阪側の麓には驚くほど多くの古墳が埋葬され

聖徳太子、推古天皇の立派な御陵は興味深いです。上飛鳥考古学博物館には仁徳天皇の墓のジオラマもあり、古代土木建築に使用された修羅の大木が展示されています。
縄文弥生大和朝廷前近代と時系列に歴史を学ぶには博物館と書籍が参考になり未だに新たな発見を知り、こよなく自己満足に浸っています。

大和路の秋

葛飾古道に沿って金峰山の裾には古い名刹が散在して決して飽きる事のない新たな発見があります。船宿寺、高鴨神社、高天彦神社、橋本院、葛飾御歳神社、極楽寺、住吉神社、長柄神社、一言主神社、九品寺鴨山口神社、皆そぞろ歩きで尋ねた所でした。

特に有名な橋本院は真言宗高野山の末寺で眼下に奈良盆地が一望出来ます。鑑真和上所縁の地で、高い格式があり広大な荘園と山林を有した寺でもあります。奈良の食事と言えば柿の葉寿司は欠かせません。酢鯖と鮭のコラボは定番です。

時あたかも、秋も深まりゆく折、田圃の畔道には

曼珠沙華の花が咲き乱れていて秋の風情を心ゆくまで満喫させてくれました。長柄神社は天武天皇が境内で流鏑馬をしたと日本書紀に記されている程、由緒ある神社です。高鴨神社は京都の鴨神社の由来にもなり一言主の神社は雄略天皇所縁の社で狩りの場であったと言われ、往時を偲ぶに十分でした。

晩秋の京都

霜月の末ともなりますと、古都・京都の秋景色は紅葉の彩と共に俄かに美しさが増して参ります。今年は殊の外、十年に一度と言われる程に色彩感は倍加しているようです。

一年前、現役を引退したお蔭で時間的な余裕もあり心ゆくまで散策しました。毘沙門院、蓮華寺、北野天満宮、竜安寺あたりをこよなく探訪しました。今までに随分あちらこちら沢山の紅葉を見ましたが、この年に

なり、始めてこんな素晴らしい寺院とその庭園の紅葉の佇まいを鑑賞出来たのは望外の喜びでした。一眼レフデジタルカメラを肩に丸二日間七百駒の画像を撮影しました。それぞれの寺院仏閣は個性ある歴史の重みを感じさせ、日本人の心の故郷を満喫しまして、癒しのひと時を思う存分堪能出来ました。

晩秋に奈良の正暦寺、弘仁寺を訪れる

平成二十九年十一月二十六日近鉄で奈良迄行き、奈良交通の観光バスで紅葉が有名な正暦寺、弘仁寺を散策しました。日頃、観光客は滅多に訪れない一条天皇所縁の名刹は閑散とした山の辺の道近くに鎮座して、平安初期の勉学の寺として栄え東大寺の僧侶始め清少納言所縁の寺としても知られている。ここの庭園から眺める紅葉の素晴らしさは各別です。観光バスも通れない狭い道を分けて歩く散策は、往時を偲ぶに十分です。奈良公園を抜け東大寺、三笠の山を左に見て車では

比較的近い所にあります。話慣れたガイドさんの説明もまた寺の住職の講話紛いの話も興味が尽きない。

僅かな距離しか離れていない弘仁寺は嵯峨天皇弘法大師所縁の地だけあり、菩薩山の麓の閑散とした村の中に建立されています。道端のたわわに実ったたくさんの柿が印象に残ります。百聞は一見に如かず。

この寺は十三歳児童の前途を祈願する祈祷所としても知られている名刹です。

古代遊学会から山陽山陰の史跡探訪

平成三十年十月三日から二泊三日の歴史散策の旅に、山陰山陽地方の遺跡巡りをしました。

強行軍で名古屋から新幹線で福山を皮切りに、バスで総勢二十八名、名古屋の古代遊学会会員一同が向かいます。今回の目的はこの地に古くからある、たたら鉄鋼遺跡を訪れ、併せて古墳縄文弥生遺跡を巡る欲張った企画でした。三つ城公園の古墳は広島県最大の前方後円墳で立派な公園の中に整備され壮大な見晴らしが出来ます。直ぐ近辺に県立みよし風土記の民族資料館があり膨大な資料には驚きます。浄楽寺、七つ塚古墳群は合計百七十六基の古墳があり五、六世紀の築造です。三次市の矢谷古墳では四隅突出型墳丘墓が見られ弥生時代中期以降、吉備、山陰、北陸の墓制で葺石や小石を施して合計九十基が確認されています。

簡保の郷・庄原で宿泊して稲田神社、奥出雲、たたら刀剣館を訪れ、金屋子神社、神話民族館に立ち寄りました。

菅谷たたらを見学し古代の製鉄の技術を脳裏に収めました。西谷古墳は丘陵地にあり周囲の俯瞰が素晴らしく、古代人

の思いが理解できます。加茂岩倉遺跡迄足を延ばし神魂神社を参拝し松江に泊まります。早朝揖夜神社の境内を散策し和同博物館に寄ります。

多くの銅鐸の展示が見られます。製法利用法所在箇所の細かな説明に満足します。妻木晩田遺跡には縄文時代の保存の良い生活用具が印象に残ります。脳の保存の素晴らしさには驚きます。倭文神社を参拝し有名な青谷上寺遺跡を見学します。今回の歴史散策の旅で一般にはとても訪れることの出来ない遺跡をつぶさに見られたのは幸いです。それにしても、古事記風土記に記載されている史跡に直接行けたのも満足です。山陰山陽のこの地に実に多くの遺跡が見られるのも、日頃中京の位置にいる私にとってもなかなか訪れる機会はありません。この度の古代遊学会の企画に敬意を表しています。

岡山県地区のミステリツアーに参加して

最近、各旅行会社が高齢者に特化してゆとりあるのんびりとしたツアーを企画しています。高齢化社会に適応して時間と経済的に恵まれた観光客を照準に人気を博しているようです。初めて、K社のミステリツアーなるものに申し込み、総勢二十五名の六月生まれの方々の集まりでした。最初は何処に連れて行かれるのか心許なかったのですが、蓋を開けたら経費は安く、大満足の旅でした。日頃訪れる事のない二泊の温泉地を含んだ隠れ名所を案内してくれました。

岡山駅は流石、地方都市だけあり大都会のそれとは異なり静かな落ち着いた雰囲気に安らぎすら感じます。バ

スでそのまま湯郷温泉に参ります。フランス料理の御馳走に満足、日本は火山国で至る所に温泉が湧いているのも魅力です。ゆったりとした行程に最高齢者八十六歳、八十歳以上が六人もいてガイドさんも手慣れた案内です。次の日は最上神社で神仏融合の独特な境内と、日本三大お稲荷神社の一つだけあって、歴史も古く奈良時代の創建とは！　こんな辺鄙な片田舎の所在に驚きます。

日本列島の背骨に当たる津山藩の久世村に明治七年、幽谷より出て喬木に遷るとの言われから立身出世を願って、備中聖人の山田方谷の手により遷喬小学校が設立され現代では歴史建造物として大切に保管され、立派な重要文化財の観光地となっています。

勝山宿の蒜山高原は魅力的です。驚いたことに山陽道・山陰道の高速道路は疎らで車の行き来する数の少ない事です。以前訪れた智頭の街も懐かしく鳥取がラッキョウの産地であることに興味が湧き、江戸時代の武家屋敷が今でもたくさん残されています

明治の初期の奇抜な版画家・収集家で郷土の偉人板裕生の民族記念館も訪れました。一小学校の教師でありながら、人形の置き物の膨大な蒐集には感動します。あの赤玉ポートワインの宣伝は当時としては大変有名で三越百貨店の宣伝物歴代の著名人の書画迄素晴らしいもので滅多に見る事も出来ません。

四時には日本海に面した皆生温泉に着き安らかな温泉に浸かります。三日目は出雲大社です。広い境内ですので案内人の説明がありませんと時間のロスが生じます。大和朝廷との歴史的葛藤が問題で興味は尽きない社です。梅雨の合間で急な豪雨にも見舞われましたが、日本列島を縦断するバスの旅は窓外に緑爽やかな山々大雪山を見ながら快適な時間を過ごせました。再度の企画に挑戦したいです。

五島列島世界遺産歴訪

平成三十年十月上旬、二泊三日の旅で五島列島を巡りました。長崎までは時折旅をしますが、なかなか五島列島までは足が進みません。この度ローマ法王の肝いりもあり、また作家遠藤周作の「沈黙」の小説映画化も功を奏したのか、やっと世界遺産に登録されています。小さな島が驚くほどあり、また隠れキリシタンの伝道もあるのか教会の数の多さに吃驚します。江戸時代の弾圧に怯えて楚々として生計を立てていた住民の姿が想像されます。島と海に囲まれ海の幸を受け観光地としては申し分ありません。バスで丸二日もあれば殆どの主だった名所旧跡を訪れることが可能です。

坂本竜馬の開国を促す感動的な銅像があり、弥勒菩薩の立像

が島の高台に鎮座していたり、万葉時代、遣唐使が停泊していた地点も保存され興味は尽きません。小さな島が至る所に点在し、まさに隠れキリシタンにとっては格好の場所だと痛切に感じられます。岬の灯台は、かつて小説映画の舞台となった有名な地点で観光客の賑わいを見せていました。

漁業を生活基盤としている個所だけあり、朝市の生業は見ものです、鮮度の良い獲れたての魚介を心行くまで堪能出来たのも幸いです。至るところ風光明媚シャッターチャンスは豊富です。遠藤周作の沈黙の映画は反響があり、多くのキリシタンに感銘を与えた事でしょう。苦難に満ち当時の幕府の弾圧の跡が想像されれます。快適な秋のひと時を堪能しました。

一　神宿る宇佐と宗像訪れし
　　　平伏す吾に幸こそあらめ

二　国東の磨崖の壁に刻まれし

仏に掛かる蔦の古きに

三　もみじ葉の照れる社に神宿り
手向けし吾の心は和めり

四　鄙座駆る宇佐の社にはるばると
超えさり来たり和気の清麿

五　宗像の沖つ島には神錆びて
祠は民の支えなるらむ

六　新羅より神こそ来たれ香春には
古きみ寺の社ぞ多き

七　竹原のみ山に埋る王の墓
幾代過ぎてか草木は茂る。

八　神功の居ませし里は香春なり
訪のふ人も稀になりぬる

九　仁聞の拓けし峰は英彦の山
神も仏も混ざりて居ます

上信越地方の紅葉渓谷巡り

令和元年神無月の末、名古屋のK旅行社のツアーで、総勢四十名が先ずJR信濃号で塩尻に着き、そこから二泊三日のバスの旅に出ます。このパターンで長野新潟方面に良く出かけることになります。窓外の安曇野の風情、北アルプスの佇まいを満喫しながらの旅行は毎回満足しています。日本

は周囲を海で囲まれているのですが山々にも恵まれ、つくづく大自然の恵みに感謝すべきだと痛感します。時あたかも紅葉の季節、奥只見湖、八海山、谷川岳、信濃川、千曲川沿線の風情は乙なものです。今回の台風の被害であの大きな千曲川が至る所で決壊して被害が出ていたのは驚くばかりです。

久し振りの東北地方探歴

平成三十年十一月の中旬、久し振りに東北方面に足を延ばしました。晩秋の磐梯山、猪苗代湖、安達太良山、日光東照宮、華厳の滝、奥日光界隈、会津若松城を巡りました。何

時もの国内の旅で常に興味を抱きますのは、縄文弥生遺跡その後の継続した歴史の経緯なのですが、この地は青森当たりに比べ古代の遺跡が少ないのに驚きます。むしろ三内丸山遺跡の如く、かなり北の方面に散在されている事実に不思議に思われます。

今回の期待した個所は初めて訪れる会津若松城でした。幕末維新の白虎隊の史跡をつぶさに拝見しました。当時の幕府軍と会津軍との戦の状況が目に焼き付きます。火山の巨大な噴火状態が良く分かる磐梯山はどこからでも眺められるのが特徴です。野口英世の生家

を垣間見て、落日の猪苗代湖をバスの車上から眺めるのも乙なものです。

奥日光の山岳地帯も長閑な田園風景が楽しまれます。華厳の滝も久し振りに訪れますと先ず驚いたのが滝の裏の岩盤を抉ってエレベータで登坂出来る事で、昔は存在していなかったのです。

この一帯の秋の紅葉は見応えがします。要するにいろは坂の堪能は写欲をそそります。雪のシーズンはさぞ賑わうと思われる安達太良山のロープウエイからの周囲の山並みの眺望、森林の秋の紅葉は見るに値します。雄大な東北地方の自然を満喫出来ました。日光東照宮は何度訪れてもそれなりに新たな発見と感動があります。齢傘寿を迎え二本のノルディック杖を突きながらの歩行は流石に身に堪え我が身の限界を感じました。

日本の他の地域に比べてどうしても人口の過疎は否めなく、経済の発展も少ない感じはしますが、元来の静かな落ち着いた古来の日本の特徴が出て、それなりに大切な遺産だと痛感します。大都会一局集中で、人口住宅の密集した環境は行き詰まります。久しぶりの癒しを感じた旅でした。

フォッサマグナ館を訪ねる信濃、上越の旅

平成三十一年二月二十日からK旅行社の二泊三日の誕生日温泉ミステリーツアーに応募して有意義な体験をしました。名古屋から中央線しなの号で塩尻まで二時間、バスで松本の信州味噌の石井製造所を見学し、安曇野のアートヒルズミュージアムでひと時を万華鏡制作で過ごしました。尾張に住む私は主に辛い赤味噌を嗜みますが、これは豆の成分が八割、信州の甘い味のする味噌は米の成分が八割で残りが豆の成分だと初めて知りました。二十三年の間、巨大な木製の樽で熟成しています。窓外に眺められる北アルプスの雪をいただいた山々を久し振りに堪能出来ました。万葉集にも出てくる奴奈川、姫川に沿って温泉が点在しています。

ミステリーの旅なので何処に連れて行かれるか楽しみですが、乗客三十名の期待は十分満喫されます。

何度訪れても松本から安曇野に至る風情は感動します。四季折々に佇む山々、梓川のせ

せらぎ、早春賦で詠われた風情が彷彿とします。国富碧泉アルカリ温泉はこの辺鄙な姫川渓谷の中流に存在して旅情をそそる快適な体験が出来ます。

二日目には日本海の糸魚川河口の近くの丘に、平成六年に建立されたフォッサマグナミュージアムを訪れました。

長年、中央地列線の事はよく理解していましたが、まさかこの度詳しく展示説明された博物館を訪れる機会が得られたのは感激です。百三十年前にエドムント、ナウマンにより発見された日本列島成立の過程を多くの化石を元に解説されています。

奈良時代に、既に法隆寺の宝物としてこの地から献上されていた翡翠の勾玉が提示されてい

たとは驚きます。高校生の頃、地学を勉強した思い出が懐かしいです。北國街道は貧しい、いたこ、山椒大夫の舞台ともなった険しい道程で、佐渡が左手に見られ出雲崎の良寛所縁の五合庵等、当時の面影が偲ばれます。

門前の温泉街に泊まった後、三日目はすぐ前にある越後の一宮、弥彦神社を参拝します。ロープウエイで六百メートルの山上に上り佐渡島を眺めます。信者の信望も厚く奈良時代の創建とされています。年間二百万人も訪れるそうです。越後の雪蔵、酒蔵、米所、塩沢宿を見学出来たのも勉強になりました。バス窓外の多くのスキー場はスキー客には垂涎の的でしょう。久し振りの満足のゆく信濃路、上信越の旅でした。

万座温泉湯治体験記

平成三十年二月中旬、万難を排してやっと万座温泉に参りました。名古屋に居ますと意外にここはアクセスが不便で、丸一日の強行軍でしか訪れる事は出来ません。在来線の交通を利用しても乗り換えが多く、結局はバスによる強行移動で行けました。標高七百メートルは優にある高地の温泉としては珍しい観光地です、冬のスキーと温泉は乙なもので一度は訪ねてみたいとは思っていました。弁護士の友人が腰痛に悩んで何度も長い期間湯治に通っていて私に勧めてくれました。

湯治としては硫黄を含む鉱物質に富んだ温泉で、

数種類の鉱物質を含んだ源泉から絶えず高温の湯が湧き出て辺鄙な地形からか、温泉宿は数が少なく訪れる客も賑わう程でもありません。五月の連休の頃までスキーが堪能出来て、無論雪質も素晴らしく滑降には向いているそうです。

多治見を抜け安曇野から軽井沢を経由し、白根山を車窓に見る雄大な展望には興味が尽きません。途中、真田幸村所縁の城を垣間見るのも見逃せません。信州の旅は独特のノスタルジーをそそります。四方を山々に囲まれた街の佇まいも、特に安曇野の風情は早春賦

が謳われた懐かしい望郷の念に駆られます。

車窓から眺められる白樺林から眺望できる雪を頂いた山々の景色は写欲をそそります。各年おきには必ず訪れる信州松本・蓼科辺りの探索に心の癒しを求めます、白馬・八ヶ岳・黒部渓谷方面も懐かしい学生時代の想い出があります。

温泉と言えば日本ほど恵まれた国は無いでしょう、北は北海道、南は鹿児島、中部は無論至る所にあり、登別・阿寒・花巻・下呂・有馬・三朝・別府・指宿、枚挙に暇がありません。日本人はこんなに温泉に恵まれ幸せな民族だとつくづく思います、一方で、火山地震による毎年の被害は莫大なもので嘆きは尽きません。電力の不足する我が国は原子力には頼らず、地下発電にもっと活力をそそるべきだと痛感しています。

古代史遊学会の「信濃古墳」遺跡巡り

令和元年十月二日から七日まで名古屋の古代史遊学会のメンバー二十名で長野松本を拠点にバスの探索を堪能しました。諏訪大社上社本宮は前社と僅か二キロの隔たりで元来古代では前宮が主体でした。山腹にはフネ古墳タイプの八世紀の横穴式石室が見られます。式年造営御柱があり、社殿は諏訪造り独特な配置が印象に残ります。諏訪市博物館は郷土の考古学者縄文農耕論を提唱した藤森栄一の記念コーナーがあります。茅野市の宮川には神長官守屋資料館があり、上社の筆頭神官の由緒ある館です。

尖石縄文考古館は米沢植原田の国宝土偶縄文のビーナスで、棚畑遺跡から発掘され思ったよりも小さく紀元四～五千年の縄文中期の出土です。中ツ原遺跡の仮面の女神も有名で逆三角形が特徴です。松本の縄文遺跡と古墳の宝庫中山は弥生時代の始まりの土器が定着して針塚遺跡が見られます。積石に依って築かれた墳丘は円墳状で五世紀後半と推察され渡来人との関係が指摘されており、墳頂部の箱式竪穴石室、周溝部も見られます。

　古墳時代の幕開けとして眺望の素晴らしい弘法山古墳は半三角縁四獣文鏡、ガラス玉の出土で衆目の的となりました。信濃の古墳は最初から集落を見下ろす絶景の位置にあり何処も石の多用が見られます。丸二日、塩尻からバスで主だった遺跡を巡るのも、二本の杖を突いて坂道の歩行を強いられる身には辛く、体力の限界を覚えます。団員の総勢は皆高齢者で健脚でした。何処の食事も蕎麦で食傷しました。

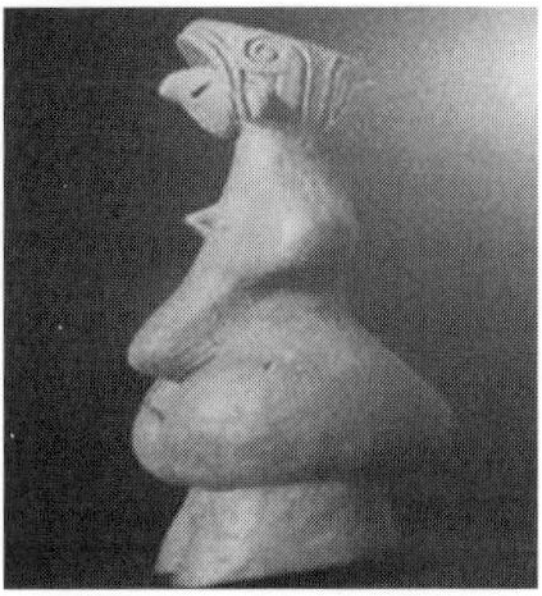

　中山古墳群にある信濃諸牧牧監庁跡や植原牧跡は後世延喜式にも記載があります。

松本市里山辺の須々岐水神社は、主祭神が素戔嗚命で高句麗からの渡来人を祖先とする卦婁真老が賜ったとされ、貞観九年に昇叙されたと日本三大実録に記載されています。北九州から移住した安曇野族とも関連が指摘され御船祭りの祭礼があります。

長野県の積石塚古墳は全て円墳ですが安坂将軍塚古墳だけは方墳です。五世紀の中頃からの所産でこの地域の首長で帰化人だと言われています。筑北村歴史民俗資料館がひっそりと片田舎の閑散とした風景に佇んでいます。

前方後円墳で埴輪の透かし孔が三角形で、二重口縁壺の存在と三角縁神獣鏡の破片から四世紀後半と断定された森将軍塚は、長大な石室があり列島最大級です。大室古墳群は五百基あり高句麗人の墳墓と酷似しています。帰路は久し振りに善光寺に参拝して有意義な日を過ごせました

上越晩秋の旅

令和元年霜月の最後の三日間、山形・福島・仙台の三県を慌ただしく巡りました。小牧空港から山形空港までは僅か一時間のフライトで便利です。ある旅行会社のツアーで熟年夫婦のメンバーでいわゆるミステリーツアーなのです。当初から何処に行くのかドキドキして不安は募りますが、結果的に今まで数回体験した珍しい旅ですが旅費も安価で大満足しています。傘寿を超えますとさすが足腰が弱り、それこそ何時車いすの状態に陥るかも知れません。老齢者のリハビリの最大の対処法は旅行に出かける事だと痛感しています。

蔵王山の山麓には多くの温泉街があり、冬場のス

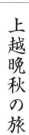

キー客も賑わいゲレンデが目立ちます。ロープウエイに乗り頂上を目指しますと、樹氷に覆われた樹木の風情に感動します。東北、特に山形は広大な日本屈指の県ですが、太平洋に面した宮城県に比べ過疎の雰囲気は否めません。酸性度の強い温泉に浸かり、翌朝は第

三セクターの山形鉄道の長井町から僅か三十キロそこそこのローカル線は花に飾られた長閑な鉄道でノスタルジーを駆り立てます。

　窓外の最上川の流れを探索する旅情は暫しの心の癒しにすらなりました。国道一二一号線は、冬季には豪雪で山峡の疎らな農家の家々に興味がそそられ、最近は茅葺の家もほとんど見られません。経済的に維持が大変だからだそうです。

　福島の辺鄙な山峡の五百川温泉はアルカリ性で豪勢な温泉旅館です。会津若松城を見学し、宮城の多賀城市を経由して松島瑞巌寺の見学を期待していましたがかないませんで、今回は東北一の神社塩釜に参拝できました。奈良時代左遷されて赴いた大伴家持の國司として任務した歴史的な多賀城の雰囲気が髣髴としました、東北津波地震の被害が甚大であったのが想像できます。

小田急沿線　伊勢原滞在四日間

令和二年の睦月四日から七日まで、初めて相模の国小田原の沿線を訪れました。東海大学の医学部に入学した孫の大学、下宿などを家内と娘で尋ねました。こんなことがないと箱根の観光以来滅多に来ることもありませんが、充実した忘れがたい経験でした。到着した当日は久し振りに上野のミイラ展を見ました。その前は恐竜展があったそうですが、世界各国の著名なミイラが展示され、特に印象に残ったのはアルプスの山中で凍結のまま紀元五千年頃に生息していた住民の遺体で、当日食べたものがそのまま残存していた実物です。ペルーのインカ帝国、エジプト、中国の王侯貴族の墓からの遺体、江戸時代の

即身成仏のミイラ等興味は尽きません。

次の日は横浜アリーナの今話題のジャニーズの傘下にあるシックストーンの盛大なイベントです。ほとんどが若い女性で三万人の観客には度肝を抜かれます。舞台装置の素晴らしさは最近の特殊効果を思う存分に使い感激ものです。年末の紅白歌合戦は最近とみに若者志向で高齢者にはとんと配慮がありません、今年のオリンピックの宣伝が多すぎてNHKも不評を買っているようです。この団体はテレビに放映され一月中旬にデビューを果たしています。久し振りに横浜埠頭や中華街グランドホテル辺りを散策しました。

三日目は伊勢原の町外れにある山麓標高一千三百メートルの大山阿夫利神社の参拝です。相模湾を俯瞰する眺望の絶妙な史跡は既に奈良時代から良弁行基などの高僧所縁の地となっているのには感動します。傘寿を過ぎ、膝関節炎を患い、二本のノルディックステッ

キを突きながらの登山は正直辛い思いでした。近くに鶴巻温泉、太田道灌の墓などがあり海老原の近代都市化した雰囲気は見応えがあります。孫はわざわざ伊勢原の駅前の下宿から、この町の図書館に足繁く勉強に行くそうです。小田原沿線の箱根の観光も魅力があり何時も癒されます。

最大の目的東海大学の医学部の見学が最終日の午前中でした、百年前の松前重義創立による広大で斬新な建造物に感激します。彼は熊本生まれで東北大学に学び通信ケーブルを手掛けた技術者でした。緑豊かなキャンパスに基礎館、臨床病棟皆充実しています。小田急線、東横線は都心に近く、まさしくベッドタウンに相応しい所です。猥雑な市中よりもかえって素晴らしいゆとりのある自然環境に好感が持てます。ここに六年間お世話になると思いますと、祖父としても更に長生きをしなければという緊張感と、襟を正さなければと自覚されます。貴重な四日間の体験に満足しています。

第三章

外国旅行見聞記

旅の醍醐味・海外

生まれが戦前中国の瀋陽で、小学校三年の帰国ですから中国という国には、多くの思い出もあります、韓国と共に、主に歴史関係では貴重な存在です。北京、上海、広州、西安、重慶、三峡、四川省・青島、トルファンウルムチ、九賽溝、どこも忘れ難く、写真好きな私は一度の旅に千枚近くの画像を収めて来ます。友人に上げたり雑誌に投稿したり写真の管理が大変です。

訪れた海外のガイドさんとは何時も懇意になり、長年の付き合いとなり、年賀状・クリスマスカードの遣り取りは半世紀近くにもなります。お蔭で中国語、韓国語、ドイツ語、英語の勉強になりました。ペンパールとしてもドイツの方は六十年近くにもなり、お互い訪問し合ったりもして、京都の町を案内した記憶は鮮明です。我ながら自慢ではありませんが、ほとんどの国を訪れてむしろ行かない所が南極、北極、ポーランド辺りだけです。よく人に聞かれますが何処が一番良かったですかと。この質問は適切でなく、それぞれの国のアイデンティティがあり一概には答えられません。強いて言うならイタリアを勧めます。先ず歴史的にはヨーロッパの基礎があり、周辺諸国への影響は実際に訪れますと驚嘆します。次に風景が地形的に恵まれ、北から南まで長靴型をしており、日本の如く四季も楽しめます。三番目は地中海の幸に恵まれ、料理・ワインは先ず人気があります。ナポリでのピッツァのボリュームに驚き、周囲の袖は剥がしてやっと真ん中のトマトのトッピングとチーズを食べただけでした。次は芸術です。ミラノ、ローマ、バチカン、ポンペイ、何処でも垂涎の的で被写体には事欠きません。ミケランジェロ、ラファエロ、多くの画家の作品が手に取る様に見られます。

イギリス、ロシア（ソ連）、フランス、スペインは四十年前、医学会の折に訪れた古い思いがありますが、再度訪ねましても昔日の面影があります、スペインのドンキホーテの作者の銅像などはそのままでした。隣のポルトガルはまさにヨーロッパの片田舎と言った感じで、かつて世界を制覇したバスコダガマ、マゼランの居た国とはとても思えません。ここのコインブラ大学は世界遺産にもなり重厚な建造物に感動します。

スイス、アルプス、ハンブルグ、ドレスデン、ノイシュバン、シュタイン、ロマンチック街道バスでの巡遊は素晴らしいです。ローレライのライン下りも乙なものです。フランスは学会の発表でソルボンヌ大学を訪れ、ベルサイユー宮殿、ノートルダムの教会、セーヌ川の眺めも印象深いです。

ギリシャ・エーゲ海クルーズも、かつての歴史のひのき舞台を彷彿とさせます。憧れの的、何時かは訪れたいと念願していたエジプトは是非一度は行きたいところです。モロッコではさすがにイスラムのテロがあり、有名な博物館が私の訪れた後三ヶ月して襲われ、日本人観光客が二名殺害されました。ポエニ戦役ハンニバル将軍の居た遺跡はローマの影響がよく理解されました。準備期間として塩野七生のローマ人の物語全巻を読破しましたので大変学習になりました。

アフリカも是非訪れたい所でケニア動物園、ビックトリアの滝、ケープタウンも遠路ですが見所はたくさんあります。中欧はこぢんまりとしたヨーロッパの真珠と言われるハンガリ・ブダベスト、チェコ、オーストリアの片田舎の古城の佇まいは、心の癒しになります。アジアはインド、タイ、ラオス、ミャンマ、歴史もあり先ず日本食に馴染みやすく食べ物は感心します。台湾の魅力も風土・気候・食べ物の三拍子が揃い、近くて行きやすい魅力です。チェンマイの仏教寺院はチベットの寺院と共に独特の風情があります。

オーストラリア、ニュージランドの大自然は十分堪能出来ました。

カナダのバンクーバー鉄道の旅も現地の人との会話が出来楽しいです。ハワイ、グアム、アメリカは、ボストンに一年滞在してハーバード大学に居ましたので、周辺を車で訪れています。最近は孫娘の留学の関係でニューオリンズのジャズの本場を満喫しました。メキシコは日本よりも世界遺産に恵まれ遺跡を随分巡ることが出来ました。南米ペルーはマチュピチュに是非行きたい願望がありますが体力的に限界を感じます、多くのインカの遺跡巡りが出来ます。壮大なイグアスの滝巡りは圧巻で貴重な体験を得られました。

北欧三国リトアニア、ラトビアの旅では長年の周辺国との歴史的軋轢の痕跡が見られ民族の悲哀を感じます。次回はブルガリアを予定しています。傘寿を迎えた今では現役を引退して既に十年近くになりますが、良き伴侶と心置きなく時間と経済的にゆとりを持って旅をこよなく愛しています。

さすが、身体的には衰えていまして日頃は杖を突いて歩行していますが、運動することが唯一の健康法だと思い、積極的に出かけています。私に取って旅はまさに人生の大半を占めていて、友人が出来、未知の素晴らしい知識を与えられ、豊かな幸せを享受出来ました。終焉をまぢかに控え夢は枯野を駆け巡る思いです。

イタリア紀行

平成二十八年三月十三日から二十二日迄、北部から南部にかけイタリアのバス縦断旅行をしました。総勢三十九名。大阪関空からのツアーで主に関西からの親子、夫婦、家族のメンバーです。喜寿になるまで多くの世界を巡りましたが、あらゆる点から評価して、この国が人に勧められる最高の観光地だと言えそうです。歴史、四季の風景、文化世界遺産、食文化、ショッピング全てに満足感があります。長いフライトでドバイの休憩を挟みミラノに着く。巨大なドオーモ、ビットリオ・エマリエーレ二世のガレリア、スカラ座スフォレチェスコ城等を足繁く見る。レオナルド・ダ・ビンチと弟子たちのモニュ

メントが市民広場に佇んでいるのが印象に残る。パドバに宿泊しベネチアに行く。世界最古の医学の大学の町、ボローニヤの街並みを見ます。サンマルコ寺院、ベネティアンガラス工房、ドカーレ宮殿、ゴンドラ遊覧を満喫。その日は夜遅く二百五十キロ離れたフィレンチェに行く。

古都は何処も市街地が狭く、とても大型バスは搬入できず郊外に駐車して歩行を余儀なくされるので、高齢の旅行客にはかなり身に堪えます。名の知れた多くの美術品を要するウフィッチ美術館はさすが見もの、人の多さにも圧倒されます。ドーモ、サン・ジョバンニ洗礼堂、シュニーリア広場、ベッキオ橋、ミケランジェロ広場、被写体には満足です。イタリアにきて此処はローマに次いで是非欠かせない所でしょうか。一時間ほどでピサに着きます。かつては海洋国として栄えた面影は無く白亜の斜塔は眩いほどです。ガリレオが七十七歳まで生きたと言うので、小生も五十七メートルの頂きに挑戦しましたが、我ながら変形性膝蓋関節を患う身で難儀でした。ローマまでは二百七十キロ、バスでの移動は大変です。車窓から古代ローマのアッピアン街道の並木道が現代でも残り、糸杉が綺麗に見られるのは感動します。

ローマは半日でコロセウム、サンピエトロ寺院、バチカン市国、トレビの泉、スペイン

広場を速足で見ましたが、圧巻はミケランジェロのシスティーナ礼拝堂の最後の晩餐です。夕食はワインの香りのするカンツオ～ネディナーでピッツアカプリチョーザがご馳走です。

人口に親炙したポンペイはあまりにも有名で何度訪れても素晴らしいです。あのアドリア海に面したベスビオスの山はナポリ、ソレントの海岸沿いに綺麗に聳えています。古代皇帝も愛したカプリは絶景で青の洞門も見られました。アルベロベッロ、オストウニーは奇怪な家屋や洞窟遺跡が残り、世界遺産のマテーラまで足を延ばせたのも幸いです。「ローマ人の物語」の作家・塩野七生のあの膨大な作品通りで、大変参考になりました。

ブルガリア――ローマ帝国属州トラキア人の末裔

ブルガリアはヨーロッパでありながらアジアの雰囲気が漂い、中央アジアに居住していたブルガール人とスラブ人を祖先に持ち、オスマントルコに十四世紀後半から五百年間支配された、異文化が混在した歴史的背景があります。紀元数世紀頃のローマ帝国の度重なる対外侵略の対象にもなった土地だけに、カザンラックのトラキア人のローマ風の墳墓が見られるのも頷けます。

首都ソフィアの市街の中に遺跡が混在して、聖ゲオルギ教会はブルガリア最古の雰囲気が味わえます。聖ニコライロシア教会のすぐ近くに五千人を収容するアレクサンダルネフスキー寺院は、露土戦争で戦死した二十万のロシア兵士を慰霊する目的で建てられ、一八八二年から四十年もかけて建造されています。

聖ソフィア教会は六世紀にユスティニアヌス帝による建立でビザンツ、ロマネスク様式が混在して、初期キリスト教の教会で首都の名前の由来にもなっています。中心部から南西

に八キロ、ビトシャ山麓に建つボヤナ教会は必見の世界遺産で、見事なフレスコ画は十一世紀から十三世紀に領主カロヤンにより増築され中世ブルガリア美術の最高傑作とされています。

リラ山脈の奥深く鬱蒼とした緑深き一本道の山道を揺られて行くと、リラの僧院が現れる。歴史は古く十世紀に遡りイバンリルスキー僧が隠遁の地として開いている。現在の型になったのは十四世紀で五百年のオスマントルコの支配下に下ってもブルガリア特異の文化が開花した場所として世界遺産に登録されている。

バラを加工する銅の窯を意味するカザンラックは、世界的にも有名なバラの祭典を行う観光地として人口に親炙しています。すぐ近くにはトユルベト公園の丘があり、最近防空壕の建設中に発見され世界遺産に登録されたフレスコ画が描かれたトラキア人の墳墓が発見されています。ヨーグルト以外にも見どころの多い魅力ある国の印象です。

失われた古都・ペトラの郷愁

平成三十年一月にヨルダン、イスラエルの二国を訪ねる旅に出ました。死海から南に八十キロ、まさに東西文明の接点に位置するペトラは、既に紀元前七世紀新石器時代に住民は住んでいました。近郊にある世界一古い居住跡が見つかったエリコの遺跡も見学しましたが興味が尽きません。最も古い地層カンブリア紀の砂岩、白い筋膜層のお陰で明るく見える太陽の光がファサードや岸壁を照らしてバラの街と称えられる所以です。斑模様金属物が長年にわたり酸化したもので、ペトラの元来のセム語レクム色、つまり鮮やかな布に起源しギリシャ語の岸壁を意味しています。

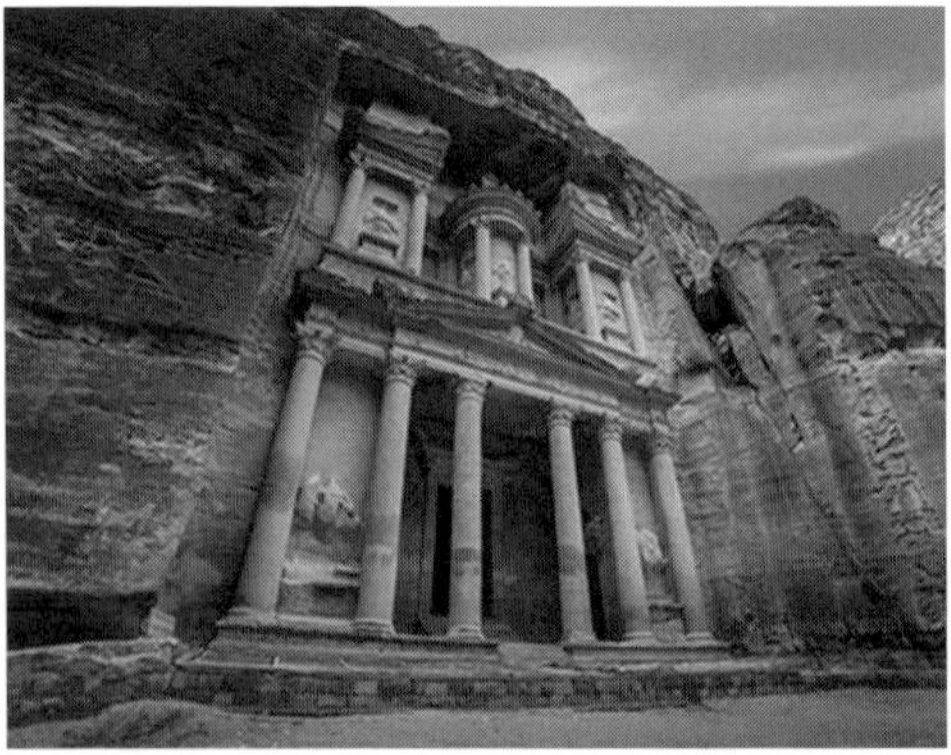

エルサレムの悲しみの道、ビア・ドロローサ

平成最後の年の四月初旬、イスラエル、ヨルダンに旅しました。キリストに所縁のエルサレムは一度は訪れたい世界遺産の地でした。何と言っても四方が僅か一キロにも満たない城壁で囲まれた旧市街北東にあるエッケホモ教会と、聖墳墓教会を結ぶくねった小径はイエスがピラト官邸のアントニア要塞で死刑判決を受け、十字架を担いでゴルゴダの丘まで歩いたルートで、記念すべき出来事を十四のステージで表現され、キリスト教徒にとっては最も聖なる道として現代に至るまで認識されています。

ヨハネ、マルコ、哀歌、民教記、イザヤ、ルカ、マタイ伝に事細かくイエスが死刑宣告から死に至る迄が記載され、十四のステージに亘ってその時々の状況が想像されます。フランシスコ教会が出発点となりミナレットが建造されている。鞭打ちの刑の小聖堂があり、茨の冠を被らせたエッケホモ教会の地下には二世紀のハドリアヌス帝時代の敷石が未だ残っている。ポーランド・カトリック教会には十字架の重みでキリストが倒れた場所がある。

群衆に混じった母マリアはアルメニアカトリック教会に見られる。かつて、スルターンの公衆浴場があった所に当たる。第五ステージにはキレネ人シモンがイエスに代わって十字架を担いだ所だ。ベロニカが顔を洗った処もある。イエスが二度目に倒れた第七ステージに至る。

第十一ステージは十字架に架けられる場面となる。十四では墓に埋葬され近くにイエスの弟子ヨセフによる塗油の石が展示されている。今まであらゆる機会でイエスに纏わるエ

ピソードは多数見聞きして来ましたが、現実に歴史的遺跡として見分する事が出来たのは、またとない貴重な体験でした。現地の高齢のガイド山崎氏には今でも大変お世話になっています。

ブルガリアの花、バラフェスタ施設

平成の末の年の冬、ブルガリア・ルーマニアの旅に出ました。ヨーロッパとアジアの接点、古代ローマ帝国の息吹が今でも至る所に見られ、かたやイスラム文化の面影の残った名所旧跡が探訪出来る興味深い国です。世界的に有名なバラシーズンではこの国の象徴とも言える大きなフェスティバルが開催され、バラの工房は多くの人で賑わいます。バラで加工された品物は多く特にオイル類香水は有名です。かなり古くからバラの香水油は採取され、鄙びた工機が展示されていました。

シーズンともなると近隣から多くの人がバラを愛でたり採取したり毎年賑わいます。気候的にも栽培に適し、

土壌も育ちやすい条件が備わっているようです。ブルガリアと言えば先ずヨーグルトを思い出しますが二番手がこのバラでしょう。

膨大なバラの花から油を搾り取るのは大変な時間と行程が掛かるそうで、貴重な品になり、化粧一般には人気があり、目の結膜にも効能があるというので購入して来ました。滅多に訪れる人もなく閑散とした田舎の風情は長閑で癒しにもなります。

近隣に中世の僧院ソヒィア寺院がありますが、自然に溶け込み隠遁生活を強いられた雰囲気は独特で訪れる人も少ないです。イスラム世界とのマッチが印象的で古代ローマ時代の墳墓が残り、隣の国ルーマニヤの起源は「ローマの人」と言われるくらいキリスト教の影響も多いようです。古代はダキアと西側から蔑まれ蛮族の闊歩する荒れ果てた寒村でした。

ドラキュロア伯ゆかりのルーマニア探訪

　平成三十年十一月ブルガリアを訪れた後にルーマニアを巡遊しました。ローマ帝国に長年蹂躙されたこの地ダキアも、ローマ人に擬えた国名の由来からしても興味深いです。つまりローマ人の住む国ロムニア、中欧で唯一ラテン民族の血筋を引いています。現在ではアラブ、スラブ民族との融合で、まさしく東洋と西洋の接点で各地に特徴的な風物が伺えます。首都ブカレストは二十世紀の初頭にはバルカンの小パリと称されたが、ルーマニア革命の舞台となり、チャウシェスクの圧政は余りにも有名で、国民の館は米国のペンタゴンに次ぐ世界第二の巨大な建造物に度肝を抜かれます。革命広場には多くの犠牲者の追悼碑が建立され、かつての惨たらしい政局が想像されます。

ルーマニア中央を南北に走るカルパチア山脈は、南のワラキア平原で西に向きを変えてトランシルバニア、アルプスを形成しています。

ドラキュラ城のモデルとされるブラン城、中世の面影を残すシギショアラ等、この地方の見どころは多いですが、何と言っても特徴的なのがマジャル（ハンガリー）、ザクセン（ドイツ）、セクイ人との民族構成とその共存の歴史でしょう。

シナイアは山麓の奇岩怪石が見られる樹海の中で素晴らしい自然美をなし、ブチェジ山の中腹に位置してカルパチアの真珠の愛称で知られ、十七世紀にはシナイア僧院が建立され十八世紀にはブカレストの王侯貴族の別荘地として繁栄し宮殿風の建造物に感銘を受けます。

カルロ一世の夏の離宮とされるペレシュ城はドイツルネッサンス様式の傑作です。近くにはペルショル城があり中世ドイツ風の絢爛豪華な館は見ごたえがあります。

中央アジア、シルクロード遺跡の探訪

数十年前、かつてNHKで作曲家の宗次郎も関与してシルクロードの旅の放映が人気を博していました。当時私はまだまだ元気で、西安からウルムチ、トルファン、莫高窟迄足を延ばしていました。令和元年になり五月の連休にモンゴルを訪れました。片手間になるのでどうしても更に西方に食指を延ばす爲、盆休み八日間にわたりウズベキスタンに参りました。珍しく七十名近い客がセントレアからチャーター便を使い直行で八時間サマルカンドに着きます。一夜明け中央アジア最古のオアシスのレギスタン広場に向かいビビハニムモスク、シャーヒジィンダ廟群、グリ、アミール廟を回遊して楮の紙すき工場を見学。近くの高台にあるウルグベック展望台を見学し、夜には政府観光省主催の民族舞踏音楽会に参列しました。

この地は既に十万年前、人類居住跡があり六千年前には農耕集落が形成されスキタイ系遊牧民が支配し、六十年前にはアケメネス朝ペルシャが侵入し、BC三二九年にアレキサンダー大王の攻略を受けている。百年後にはバクトリア王国が成立、AD四五年にクシャン朝成立、ソグド人が仏教を広める。六世紀に入り匈奴、突厥がそれぞれ跋扈し、六二九年には唐の玄蔵法師が来朝している。アラブ軍がソグディアナに侵略しイスラム、サマン朝が成立しプハラが中心都市となる。

三日目はジンギスカーンの末裔と言われるチムール大王の生誕地シャフリサブスのアクササライ宮殿、トルディオバット建築群、を見て五百七十キロのバスの強行でプハラに着く。日本の平安時代一〇〇〇年にトルコ系カラハン朝が浸透し、一二一九年には宿敵であったジンギスカーンに完膚なきまで攻略を受けモンゴル帝国が成立。ウズベク族が南下してチムールがサマルカンドの首都となる。一五一二年にはシャイバニ朝がチムール帝国を滅ぼしブハラを帝都とする。その後ホラズムがヒバハーン国として独立し、ロシア侵入後一九二〇年まで続いている。

四日目のスケジュールは強行で、終日古都の徒歩散策で四十度の灼熱の辛さは格別です。アルク城、チュシュマアイユブ、イスマイール、サーマニ廟、カラーンモスク、カラーンミナレット、ウルベック、メドレッセ、アブドールアジス。ハーン、メドレッセ、タキバザール、ラビハウスプール、ナディール、ディバンベギ、マゴキアットリ、チャイハナを散策。

五日目のビバまでの砂漠の行程は四百五十キロで途中民族料理シシャリク、詰まり串焼きバーベキューは乙な物でした。荒涼とした窓外の景色に突如現れるカラカルバクスした。

タン観光は感動です、旅の前準備としても十分書物を見てきただけあり、印象に残ります。トプラクカラに探索しましたが有名なアヤズカラには登頂しませんでした。六日目はヒバイチャンカラ、カルタミナール、オタダルバ門、タッシュハウリ、ジュマモスク、イスラムホジャメドレッセ、クフナアルクを見学し七日目にウルゲンチからタシケントに飛行しました。

ジンギスカン統治のモンゴルの地を訪ねて

令和元年五月三十一日から八日間、北京経由でウランバートルに着きます。翌朝五時間もかけて広大な草原の中をブルドに行き、さらにバヤンゴビ、ツーリストパークのゲルで二泊をします。念願のモンゴルの聖地オルホン渓谷を背に昔年の首都カラコルムに向かい最大の仏教寺院ガンダン寺、エルデニーゾウ仏教遺跡を拝しカラコルム博物館、日本人慰霊史跡等を巡りモンゴル相撲、家畜の放牧風景を見学して慌ただしいバスの旅を堪能します。

十三〜十四世紀、世界の四分の一の広大な領土を統治したジンギスカーン所縁の地は最近アウラガ遺跡のオルド宮殿が発掘され、度重なるケレイト、タイチュト、メルキット、タタール等の部族との長年の闘争の歴史舞台です。元朝秘史に依れば、一一六二年ダタル村で生を受けた蒼き狼・テムジンは九歳にして親をホラズムの部族に暗殺され、魚の取り合いで弟を弓で殺し、積年の恨みを晴らすべく屈強な遊牧民族として騎馬軍団と鉄器の武

器を製造し、北はカスピ海、南はネパール、西は韓国、東はポーランドに至るまでユーラシア大陸のほぼ全土に渡り拡大していました。後にわが国では鎌倉時代に弘安の役、文永の役まで及んでいました。義経同一視問題も提起されるまでに話題は尽きません。

一一九六年タタールとの戦闘で庇護者だったトリオールの恨みを晴らします。長年屈辱を余儀なくされていた決死的な攻防には、四十五万の大軍を率いて一二一五年に陥落させています。年々頭角を現し、近隣の多くの部隊を統一し、四十四歳で合議集会クリルタイを結成しノユルで組織的に繋がり、千人隊クリエンの大軍で進撃し交易手形を発布し、各宿所には豊富な資材を備蓄した統治方法としては画期的でした。

現在ではソ連のキルギス語を使用していますが、従来の民族語から波及させた独自のモンゴル文字も考案されています。最終的な最大の征伐は西の宿敵ホラズムです。東西のオアシス・ウズベキスタンでは激戦がなされオトラルは廃墟と化します。飴と鞭で反謀反、背徳、裏切りを企てる敵には目と耳に焼けた鉛を注ぎ込む惨い刑罰も行われ、大衆には大変恐れられていました。しかし一方、寛容な方策も取られ宗教伝統文化には同化させて、これが領土を拡張出来た理由ともされています。

一二二七年六十五歳で死去していますが、彼の多くの末裔はそれぞれ広大な領地を統治していましたが、度重なる内乱抗争にも起因しますが、僅か百五十年で滅亡しています。一九二四年、やっと抑圧された共産国家が認定されましたが、その後一九八九年民主化運動で安定します。

中国東北部・渤海国の遺跡を訪ねて

平成三十年九月十七日から二十四日まで韓国ソウルを経由して大連から航空でハルピンに至り、四時間近く遥々列車で牡丹江まで訪れ、ここを拠点に遺跡巡りをしました。毎回ですが中国・韓国への大きな歴史散策には日本考古学会の泰斗、西谷正教授が付き添われるので我々会員に取っては大変名誉な事で、何時も有難い薫陶を賜り楽しみと共に感謝の気持ちで一杯です。

半年にわたり五回の準備学習をさせてもらっていたのも大いに参考になりました。この回の最終的な長年の念願が叶えられ満足しています。日韓・日中の古代遺跡の旅にはどうしても、かつての渤海国の探索は欠かせません。昨今の世界情勢で当局の公安委員のかなり厳しい監視のもとに見学するのは、必ずしも満足出来たとは言えませんが、実際現地を垣間見ただけでも有意義な歴訪でした。

実像を把握すると六九八年に大祚栄が建国し、新旧唐書に依れば高句麗が六六八、唐と新羅に滅ぼされた後、高句麗人、靺鞨人は現在の遼寧省朝陽市の営州に連行されている。六九七年、契丹人がこの周辺で反乱を起こし混乱に乗じて唐軍の弾圧を退け建国し、当初は震と命名していたが、初代王は唐から七一三年に渤海群王として叙せられ国号となっている。

この国の領域はロシアのハバロスク周辺から遼東半島に至る広大な範囲とされるが実際は遺跡の主な分布状況から考察すると、東部は黒龍江省の綏芬河流域に囲まれた地域、西部は吉林省鴨緑江流域、北部は松花江周辺、南部が北朝鮮咸鏡南道から北道に及ぶ領域である。

王都は牡丹江中流地域を挟み図們江に至る範疇に置かれ王権の中枢を担っている。ロシアではラズドリアナ河以西に百ヶ所、中国では約五百ヶ所の遺跡があり、その大半八十パーセントが上記の両江流域に存在している事実から、渤海王権はこの地域に基盤を置いて成立したと

考えられる。九二六年に契丹の攻撃を受け滅亡している

初日は単なる移動だけですが、世界的にも何処の航空会社も、移動チェックインは厳しく時間もかかり、無駄も多く移動だけでも大変な労力と緊張があり、今後の問題です。スーツケースに充電器を入れても駄目ですし、いちいちペットボトルの回収は如何なものかと痛感します。ホテルのＷＦ機能は何処も素晴らしいですが、中国は閉鎖的でグーグル、ライン等は制約され使えません。高価な部屋にも充電器はほとんどありません、国産の接続アダプターには一二〇～二四〇ボルトに変換出来る機能があるので便利です。

二日目は日本軍が満州時代に開拓の拠点を置いたハルピンの街を観光し川幅一キロもある巨大な松花江の川端の公園を見物。九月十八日は終戦記念で町中が正午にサイレンを鳴らしていたのは何だか遣る瀬無い思いに浸ります。百年の歴史を誇るロシア時代の重厚な博物館があり、堪能出来ました。

中国湖南省武陵源探索

　平成三十年の年末年始に念願の武陵源を探索しました。緯度的には沖縄と変わりませんが中国大陸中央に位置して上海と武漢のほぼ中央にあります。自然環境豊かな張家界界隈は一九九二年ユネスコの世界遺産に登録されて以来、年間二千万人の観光客で賑わっています。アバタの映画撮影以来人気を博し、かつては日本からは年間精々五千人程度でしたが今では二、三万人に増加しています。湖南省には多くの政治家の出自があり、漢の時代から有名で、毛沢東も周恩来もこの地の出です。数百万年の海底から隆起した地形は石灰岩による奇岩奇峰が見られ、数百メートルから千二百メートルに至る石柱が三千あまりも林立して、洞窟も四十を超えています。七千五百メートルのロープウエイは雄大で、天門山の

頂から俯瞰する絶景は幽玄で、この地にかつての地震で崩壊した巨大な風穴群、仙女献花、御筆峰の眺めは必見に値します。地上三百メートルに及ぶ百竜のエレベータは壮大です。

かつて、桂林・昆明・黄河・山峡当たりも訪れましたが、それと対照的で、さすが中国大陸の景観を見るのは大迫力があります。どこを訪れても沢山の観光客が多く、朝鮮、アメリカ、アジア、ヨーロッパ各地からも来ていました。

生涯一度は訪れたいと言われる武陵源は四季折々、早朝の日の出、落日、厳冬の時節、それぞれに絶景を堪能出来る素晴らしい観光地でした。

アメリカ南部を訪ねて

二〇一五年三月二十八日から四月十日までアメリカ南部を尋ねました。ミシシッピー川を挟む広大な三角地帯でニューオリンズ、ナッシュビル、メンフィス、アトランタを巡りました。ジャズ、カントリーミュジック、ロック、ブルースの発祥の地だけあり十分堪能してきました。訳あって、百二十年の歴史のあるニューオリンズのチューレイン大学の音楽部の教授の下で日本の古典楽器尺八を吹奏する機会が有りました。ジェイス・ジョン教授には四日間色々と御世話になり日米交流の絆を深めてきました。ラフカヂ・オハーン縁の地でもありました。

エジプト紀行

平成二十四年十二月二十七日から八日間、長年の念願でしたエジプト紀行をしました。今までの世界旅行の集大成で悠久の人類の歴史の奥深さに感動しました。まさしくヨーロッパ文明の揺籃の地に相応しく、広大なナイルに育まれた石造建造物には圧倒されます。

五千年の歴史と五千キロのナイルの長さから想像を絶する延々と継続して来た多くの遺跡の営みがつぶさに見られます。今回は下流のカイロ、サッカーラ、メンフィスを初めとして、中流の最盛を極めた十九代王朝を中心に王家の墓、カルナック神殿、等を散策し、上流のアッスワンダム、湖底に埋没したアブシンデル宮殿を見ました。流石百年以上の古いカイロ博物館にはツタンカーメンの遺物が見られましたが、近々、再建されるそうです。至る処のラムセス二世の偉大な業績には只々驚嘆の念を隠せません。

東欧の旅

平成二十五年五月一日から九日まで東欧の旅をしました。クロアチア、スロベニア地方ですが、何せ日本からはドーハ、ブダペストでの乗り継ぎで、かなりの飛行時間には丸一

昼夜掛ります。元来、言語民族的にはスラブ系に属していますが、古代ギリシャ・ローマの影響を受け、至る所にゴシック・ロマネスク建造物が見られプーラの円形劇場やスプリットのデオクレティアヌス宮殿はまさにその最たるものです。アドリア海の真珠と絶賛されるドブロブニクの風景は、特に中世の遺跡が豊富でキリスト教の施設には赤い瓦に城の城壁は周囲の緑の背景に絵画的には絶妙のコントラストを呈しています。オーストリアのハ

プスブルグ、チェコ、トルコ　モンゴルの侵攻に晒され、さらには近代ではボスニアヘルチェゴビナ、ドイツ、パルチザン運動を経てまるで文化のるつぼ。住民の苦労は並大抵ではないようです。シャープペン通信機の原型の発明、海運業簿記の採用、詩や文学の豊かな遺産も開花しています。自然に恵まれ湖畔のブレッドに浮かぶマリヤ聖教会ポストイナの広大な石灰洞窟、世界遺産にされたプルトビッツエは一度は訪れてみたい風光明媚な山岳探索リゾート地です。

南アフリカ紀行

平成二十七年七月十二日から十八日まで南アフリカを探索しました。香港経由でヨハネスブルグ、ケープタウンまではさすが遠路だと痛感します。テーブルマウンテン、カーステンボッシュ植物園、喜望峰マレークオータ地区、ペンギンの生息するボルダーズビーチは広大な大陸の所在を意識させられます。リビングストーンに空路で赴き、待望のビクト

リアの滝をジンバブエ側とザンビア側の両方から堪能できました。ヘリコプターで十五分・二万四千円の航空俯瞰は得難い体験です。ザンベジ川沿いにあるチョベ動物保護区は広大な世界遺産で、ランドカーと船の遊覧でさすがアフリカを訪れた実感が湧いてきます。高齢を迎え、世界各地を訪れてきた私は何時かはと念願した最後の訪問地だけあり感動も一入でした。後はブラジルが残っています。

第四章

日韓協力協会会員として

日韓友好の象徴、沙也可氏の偉業を称えて

文禄慶長の役で秀吉は中国明国をも征服を企て、その進入路の確保のため三十万人の諸藩の大軍を朝鮮半島に送り込んでいる。和歌山の雑賀鉄砲衆の統領雑賀孫市の嫡男孫一郎（後の沙也可）は二十二歳で従軍するが、釜山に上陸するや「この戦には大義が無い」と反旗を翻し、朝鮮軍に味方し火薬・鉄砲の製造や砲術を教え、勝利に導き、多くの功績により李王朝の将軍にまで上り詰めた。金忠善の名を賜り、大邱広域市友鹿里を拝領され七十二歳の生涯を閉じている。

令和二年二月十五日に名古屋国際会館ホールで四百年の時を超えて、「今、沙也可が蘇る」と題して『南風有感』のご著書を記念して和歌山県庁農林水産部長・辻健氏の講演がありました。辻氏は「孫氏の会」の理事、「雑

賀衆沙也可の会」会長をされている。

僅か九十ページの短い冊子ですが、内容が豊富で簡単明瞭に記載されよく理解されました。ともすると日本側では余り人口に親炙されていませんが、まして明治の初期に韓国を統治していた頃はむしろ抹殺さえされていた悲劇もあります。韓国大邱市の郊外に建設されている達城「韓日友好館・鹿洞書院」は嘉昌面友鹿里にあり、護国忠誠の一生を送った金忠善の偉業を称え、春秋の祭祀が執り行われ、朝鮮時代英祖王の末期から全国の儒学者が参集しています。

一九七二年に国の支援で現在の地に移され、崇義堂・向陽門神道碑が増設されています。この里は三政山、最頂山、清山、三聖山等の山々に囲まれ、武曲星地形で風水地理上、偉人が生まれる友繁里として儒学者が住みやすい名勝地です。

この根拠地から慕夏堂、沙也可は多数の内乱に功績を上げ、三乱功臣とも称えられています。晩年は家訓郷約を定め教育に励み、一六四二年仁祖二〇年に死去しています。今、両国の政情が危惧されている折、まさにこの人物の偉業は忘却の彼方に葬るわけには行きません。江戸時代になり滋賀県の雨森芳洲の活躍が始まりますが、この二人の日本人は両国外交の懸け橋となった立派な人物です。

和歌山県はこの人物を顕彰し、観光誘致に熱を上げている姿勢に好感が持てます。和歌山城、李真栄、梅渓顕彰碑、海善寺、本願寺鷺森別院、紀伊風土記の丘、大谷古墳、沙也可生誕地政所の坪、蓮乗寺、弥勒寺山城跡、矢宮神社、雑賀城跡、高麗陣敵味方供養塔等、訪れる名勝地は枚挙にいとまがありません。何時かゆっくり訪ねてみたい思いです。歴史的に見ても征韓論は既に信長の時代からあり、それを実行したのが秀吉でした。江戸時代家康は通信使の往来で国交を維持していましたが、今の時代もまた親密な絆が望まれます。

古朝鮮高句麗建国の祖・檀君陵を訪ねて

令和元年九月十二日から十七日にわたり、日韓協会から元考古学会会長の西谷正先生の引率のもと、総勢二十名が北京経由で北朝鮮・平壌・開城を中心に世界遺産散策の旅を満喫しました。大同江を中心とした、平壌開城の主だった世界遺産に登録されている、王侯貴族の古墳、壁画、寺院王宮の遺構、城壁、博物館等を隈なく散策出来ました。今回は最後の日に訪れた、江東群文興里の大朴山の山腹に位置する檀君陵について思いを馳せました。

　十三世紀に初めて一然の記載した三国遺事に、古朝鮮の王、天神桓因の子・桓雄と熊女の間に生まれた個人名は王倹です。父は扶余の建国神話に登場する解慕漱と同名で太陽神を奉じ、息子に天符印三個を授け、徒三千人を率いて太白山頂の神檀樹の下に降臨しまし

た。隣国中国の堯帝が即位して五十年目に平壌に都を構え白岳山の阿斯建に移し一千五百年間統治しています。平壌の名が歴史に初めて乗るのは九九〇年頃で、当時は松が生い茂る森から松山岳とも呼ばれていたそうです。

古朝鮮は太祖・李成桂が李氏朝鮮を一三九二年に制定したので二つを区別する意味で檀君の治めた朝鮮を古朝鮮と呼称しています。檀記に依れば紀元前二三三三年に建国し、十月三日が開天節とされ、中国西北の地域から松花江、黒竜江省、鴨緑江辺、集安、桓仁当たりまで領土を拡張していました。長春の扶余族から高句麗は発生しています。

以後、漢の武帝により紀元前一〇八年に古朝鮮は滅び大同江の西岸に楽浪郡が設置され近くには帯方郡も制定され中国の影響は甚大でありました。

興味深いのは韓国の三国時代の百済・新羅にしても建国の祖は皆、父が居なくて捨てられた神話に満ち卵から生まれていることです。中興の高句麗の王・東明聖王の名は高朱蒙、弓の上達者です。集安、国内城から西暦三年に平壌に移動して来ています。戦後偶然大朴山の山腹から二体の遺骨が掘られ、それが放射線炭素の測定から五千年前の物

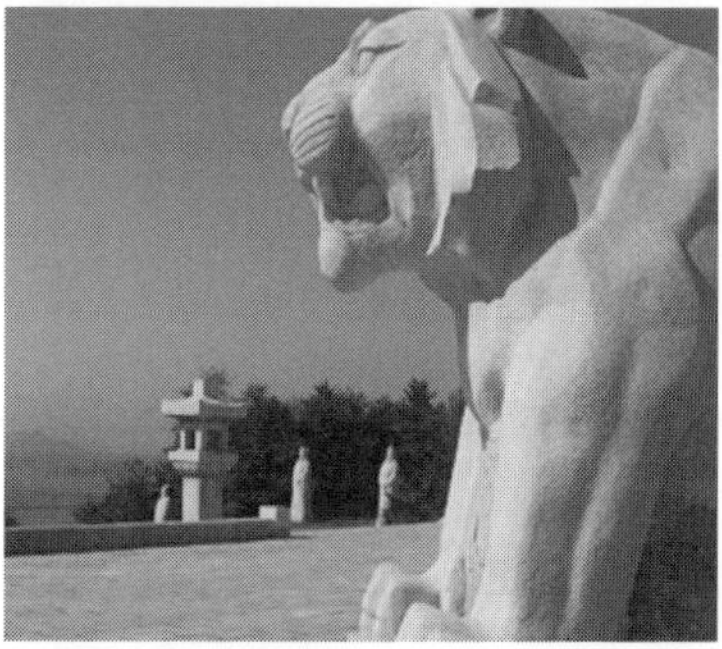

だと比定されています。帝の体形と傍らの女性の骨盤の状況から王族に匹敵する貴族の墓と断定しています。広大な敷地の檀君陵は改築記念碑、四人の息子の巨大な石像、四人の重人の像が建立されています。

檀君陵の歴史的話題の真偽はともかく、短期間の間に労働党時代の今、金日成、金正日の民族の誇りと伝統を重んじて制作した意欲には感動させられました。

日韓交流の懸け橋・雨森芳洲の遺徳

昨今、ぎくしゃくとして色々な課題を提示され、我々日本人も隣国韓国の民もお互い多大な苦渋を味わい頭痛の種です。元来、古代から長い付き合いのある総合関係の隣人同士の間柄で、歴史的にも紆余屈折に富んだ問題は甚大です。民族の怨念・宿命とも捉えられる今の時代だからこそ、恐らくこの江戸時代の偉大なる儒学者、生涯学習の国際人として朝鮮外交に尽くした雨森芳洲には、私は以前から同業の医師としても尊敬の念を抱いていました。彼に関する参考文献は膨大な数がありますが、的確で端的な小冊子として没後二百五十年の記念出版として滋賀県雨森界隈のご出身であられる平井茂彦氏の著書は興味深く拝読しました。

医学から始まり儒学、中国語、朝鮮語を自ら学び、師の木下順庵、新井白石との交流もあり、近江の地から京都、江戸、長崎、釜山、対馬に滞在して近隣外交に尽力を捧げ、晩年は和歌を嗜み八十八歳の長寿を全うされています。対馬藩では朝鮮方佐役として仕え、

雨森芳洲
平井茂彦著
江戸時代、生涯学習の国際人として朝鮮外交に尽力した雨森芳洲の生涯を分かりやすくまとめた一冊。
没後250年記念出版。

釜山の倭館を設立し、朝鮮語学習に専念し交隣須知を表し、後の朝鮮通信使を命ぜられます。白石との交友と論争は有名で、一七一〇年宝永七年には甲府藩に仕えていた白石は、将軍家宣の幕臣となったことに祝賀の詞を送っています。木下門下生の同輩でしたが、正徳元年、幕府の朝鮮通信使に対する国書の表記問題からお互い深いわだかまりが起きています。

　釜山の韓国側の十四歳も先輩の、製述官である李東郭との詩文のやりとりも外交を超えた親密感に溢れた関係が伺えます。後に宋義誠対馬藩の貿易問題は幕府との対立もあり、銀の輸出制限の課題で隣交始末物語に記載されています。通信使が京都を訪れた折、秀吉の大仏寺（方向寺）の耳塚訪問の拒否も頷けます。朝鮮征伐の勝利品を通信使に見せるなどもっての他なのでした。ことごとく隣国への配慮が如実に表れているところに彼の人徳が偲ばれます。

　教育者芳洲の神髄が発揮されたのは韓語司が対馬で開設された事でも知られます。五十四条の箇条書きにした交隣提醒は六十一歳の晩年の集大成でして、第一に外交の初めは風俗習慣歴史文化を熟知することとあります。人情事勢を知らない事から起こる誤解の例を多数引いて説明しています。全一道人は勧善懲悪を述べた教育書です。膨大な裁判記録誠信堂記は韓国の人々の心に訴えたと伝えられています。老境に入った後、「たはれぐさ」を三巻著わしていますが最後は再び大和言葉の倭文で認めています。藩主義如に当てた心がけ施政方針の指示書・治要管見は示唆に富んでいます。八十歳を超してからは漢文の随筆橘窓茶話が上梓され、晩年は和歌の芳洲詠草を起草し彼の長寿と弛まない勉学の姿勢に学ぶべきものがあります。

高句麗時代の霊通寺と大覚国師

二〇一九年九月十二日から十七日まで北朝鮮平壌・開城を中心に日韓協会から高句麗時代の歴史散策に参りました。大同江を中心とした古代朝鮮の世界遺産を主に、今回は印象に残った開城郊外十八キロ離れた山麓に、十一世紀初頭に建造された霊通寺と韓国天台宗

の開祖大覚国師について記載します。日本では鎌倉初期北条時宗の時代で、この頃はアジアで中国の宋を中心に禅宗、律、華厳宗、天台宗が繁栄し、隣国も天台宗が重んじられ第十一代の文宗の四番目の息子で、後に高麗第一の高僧になる義天が国清寺、霊通寺の開山をしています。

十一歳で僧となり、始めは華厳宗、律、等を学びに一〇八五年、宋に渡ります。千冊もの宋、遼、日本の経典を持参し、政治にも参画し、長年の大作大蔵経の版木にも着手しています。一二三二年にモンゴルの進撃に遭い、高宗一九年、兵火により焼失。後日、江華島に移し最後は慶尚南道の伽耶の海印寺に保管され、一九九五年に世界遺産に登録されました。偶然十年前、私はこの寺を訪れ、膨大な仏典を見まして千五百二十四部と目録が保管されていたことに、改めて韓国宗教の奥深さに感銘しました。我が国の時宗が敬服して止まなかった理由を知りました。

世界各国に旅して感じますことは、古代の民・住民は大きな施設、城、寺院、宮殿等を建設する折、風水の力を取り入れているのか実に感銘するほど素晴らしい自然環境、戦略防備に配備されていることです。

二〇一八年十一月二十二日、京都の臨済宗館長・有馬頼底が日本の仏教界を代表してこの寺に訪問しています。宗派を超越して世界平和を祈願して念仏を唱えていました。この境内は広くモンゴルに襲撃されて後、最近になってやっと修復改修されています。奥深い自然の渓谷に静かな落ち着きを満喫できます。又訪れる参拝客に御経を唱えてくれる僧もいて好感が持てます。

最近は天台宗との関係から日本の寺院との交流も深まり、まさしく政治の世界を超越した感に満ちた北朝鮮の名刹として存在感があり、多くの観光客の脚光を呼び寄せて来ました。

歴史探訪　文禄慶長の役

名古屋の日韓交流史フォーラムで都立・日比野高校の教師で韓国事情に精通された武井一氏の講演を拝聴しました。信長・秀吉の国内統一に関わった一貫として九州平定を終えた後、韓国併合を念頭に置いていたのは、既に信長の時代の懸案だとは驚きです。

朝鮮王の入朝を要求し、征明向導を突き付け通信使の要請をしたり、日本使節の仮途入明を主張したりして、秀吉は一五九二年に出陣命令をします。前年には唐入りを発表し名護屋城を築城、この裏には否めない当時のアジアの国際的情勢があります。大国の明、朝鮮、日本琉球薩摩藩、果ては中国独特の伝統的外交政

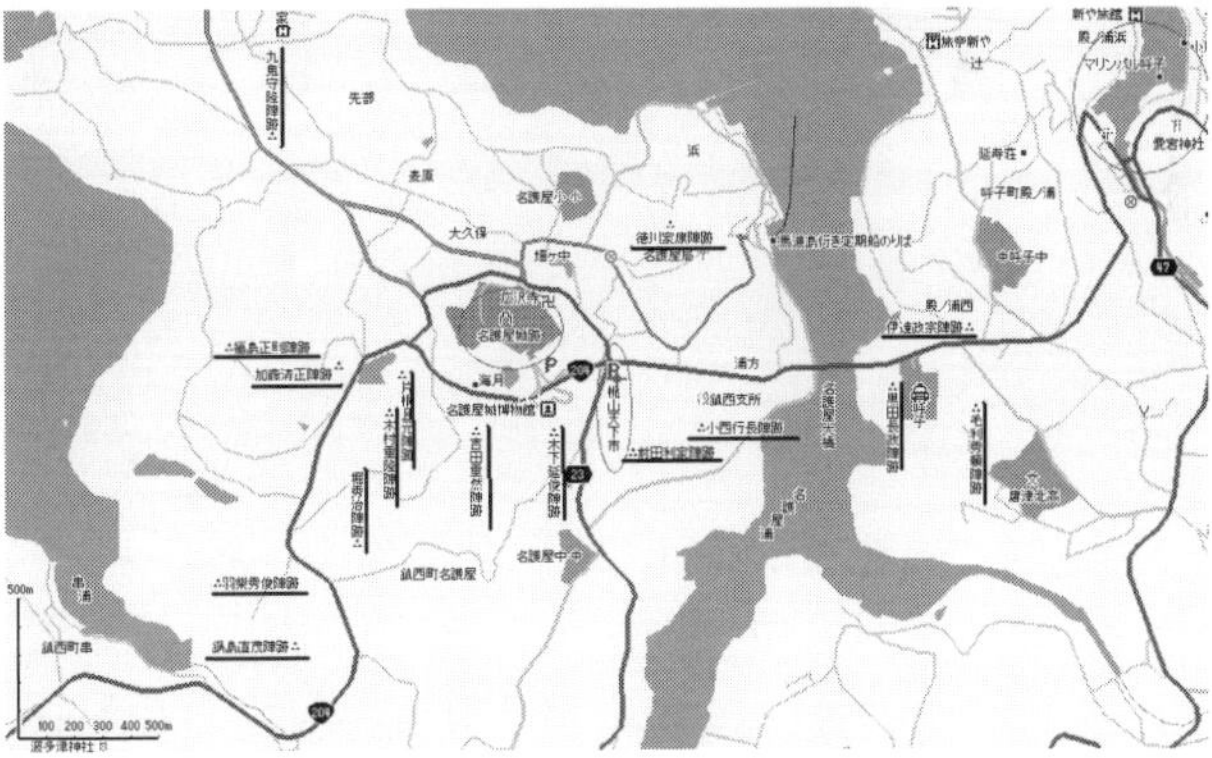

策の柵封体制が基本にあり、最終目的は韓ではなく明の服従にあったと思われます。対馬から僅か五十六キロしか離れていない釜山の港は容易に目視できます。

壬辰倭乱、つまり文禄の役は僅か一年で終わり、総兵力は十六万にも及び、加藤清正の軍勢は壱岐から釜山、蔚山の籠城、慶州、漢城、碧蹄館を経て鴨緑江の上流、豆満江の麓、会寧にまで進軍していたのは脅威です。一方、小西行長、黒田長政の隊は慶尚道をたどり、忠清道を経て京畿道に至り黄海道から平壌まで侵入しています。

一五九七年に再開された丁酉倭乱、慶長の役は総兵力十四万で、やはり一年で終焉を迎えます。宇喜多、島津、藤堂高虎の水軍などは全羅道や慶尚道を経て京畿道を進軍します。釜山の町には鎮水軍検使鄭撥の墓があり、東莱城の殉職碑、宋公壇、伊公壇等の戦いの跡が見られます。

日本兵は短兵戦に長け、陸戦優位であったが水軍は苦戦を舐めていたようです。亀甲船による李舜臣、元均の力戦にも関わらず玉浦、赤珍浦、四川、安骨浦の激戦を受け、日本は閑山島で戦術の変更を余儀なくされます。漢城を占拠した小早川隆景の陣跡や花房志摩介の陣跡が徳壽宮に見られ、南山倭城台が今でもソウルアニシネマ付近に所在しています。一五九三年一月十六日、平壌で敗北、明軍が開城入場し、二十五日は碧蹄館で勝利を得ますが、二月十二には幸州山城の戦いで大敗し、四月十八日には漢城を撤退し、五月十五日に秀吉明使節との会談をしています。いかに慌ただしい戦だったかが伺えます。

私の母は馬山で生まれ、母の父は戦前、晋州城の近くで内科を開業していた関係で、以前訪れた思い出がありますが、当時の激戦地を彷彿としました。城の婦女子の中で壮絶な死を賜った悲劇は涙をそそりました。日本軍は多くの倭城を建設し、釜山本城、子城、機長倭城、安骨浦倭城、西生浦城、固城、南海城、長門浦城、熊川倭城、それぞれに天主を中心とした防衛機能が普及していました。

一五九六年九月の明使節が秀吉に謁見しましたが、柵封だけで秀吉はその時激怒しています。

一五九七年一月の慶長の役では、侵攻後八月には南原城

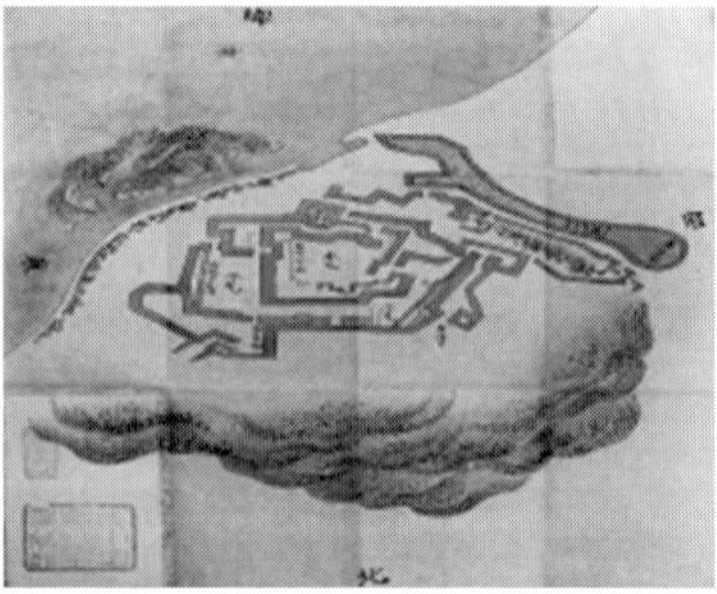

を攻撃し、十月には耳を削ぐ残虐な全羅から忠清道を占拠し、九月には稜山の戦いで明は退去します。有名な李舜臣の善戦で鳴梁開戦で勝利し、明と朝鮮軍の蔚山城包囲で九八年から籠城戦に至るも、九八年八月十八日には秀吉が死去しています。蔚山城四川、順天城の戦いを経て十月十五日は撤退命令がありましたが、露梁開戦で李舜臣は戦死しています。

戦後多くの朝鮮人がそれこそ拉致され、洪浩然が佐賀に来て、有名な英彦山の額を書いています。金管（良浦艦）の墓が熊本本妙寺にあり、こむぎ様墓が平戸に見られます。東京の清正公の覚林寺、有田の李参平の墓、東京の神津島のオタアジュリアの墓、鹿児島能代川の朴平意の記念碑が存在します。清正が年少の輩を連れてきて優遇し、日本で名を成した僧は良く知られています。儒学関係では姜抗と藤原醒盃との関係が認められます。

西国大名の疲弊でやがて徳川幕府が成立し、中国では軍事費による財政難で明王朝は崩壊し女真族の台頭で清が成立します。

戦後の韓国は社会の変化を確定化して大きな被害を蒙り、疫病旱魃に逢います。その後は平和を迎え釜山では倭館邸、永喜台が建設され福山では鯛の浦の対潮楼が出来、浅草では東本願寺が見られ、やがて通信使の往来を迎えて安泰な状況が江戸時代には享受出来ました。

深遠な哲学儒教、「理」や「気」の概念が生まれ、九州の伊万、里陶山神社、李参平子孫、金ケ江省平の窯、今泉今右衛門、元祖高田焼上野窯、中里太郎右衛門陶房等、多くの焼き物の文化をもたらしています。十五代の沈壽官氏は現代の陶工として健在にご活躍されています。

現在の両国の政情を鑑みるにつけ、古代三国時代を経て江戸時代、明治時代の歴史をつぶさに認識して、未来永劫の安泰な関係の構築を祈願して止みません。

北朝鮮平壌開城地区の古墳壁画の参観

令和元年九月十二日から十七日まで高句麗、高麗時代の遺跡を訪ねて韓日フォーラムのメンバー二十名が北京経由でピョンヤンを訪れました。矢張り世情通りかなり厳しい雰囲気に私たち一行は終始、緊張感が漂っていました。長年にわたり、この会からは何度も南韓国の遺跡を訪ね歩きましたが、さすが遺跡の宝庫北朝鮮の平壌、ケソンを中心とした史跡の多さに改めて感動しました。高校時代世界史に搭載されていた楽浪郡、帯方郡の所在地を目の当たりにして、懐かしい昔の恋人に会ったような淡いノスタルジーすら感じます。今の時代はなかなか個人では気軽に出かけるわけには参りませんが、考古学を趣旨としたこの会は、西谷正学会長の肝入りで何とか渡航が可能になりました。

大聖山城山麓の古墳群は五～六世紀の地方の豪族の古墳で、珍しく盗掘を免れ現代に至っても比較的保存の状況は良さそうです。残念ですが、ほとんどの古墳には墓誌名が無く盗掘されています。北朝鮮だけでも壁画のある古墳は九十以上もあり、その内、世界遺

産に登録されているのが七十程あるそうです。郊外には真破理、東明王陵を中心とした古墳群があり、江西の徳興里大墓は保存の良いものも残っていました。バスで一時間隔たるケソン地区には多くの古墳が見られ、萬月台の大健陵、正方山城の沙里院、大興山城、安岳3号墳等が有名です。描画されているものを見るにつけ、我が国の飛鳥大和の高松塚古墳の壁画に酷似しているのを見て感動します。白虎、亀、竜、天蓋の星座衣服の状態等、どれをとっても文化の交流往来を想像できます。北朝鮮も文化遺産の保護に努め、私たち外国人の墓の参観には一万五千円の大金を払わされました。この狭い国にこんなに多くの遺跡が点在することに驚きを覚えます。貴重な体験でした。

知られざる平壌市街地の魅力

令和元年九月十二日から十七日まで、北朝鮮首都ピョンヤンに、主として歴史遺跡散策の旅に、韓日フェスティバルの協会の一員として訪門出来ました。かつて幼稚園児の頃、私は親類の在籍もありこの地に暫く滞在していた思いもあります。日頃、ほとんど訪れる機会のない街ですが、今回の訪問で驚異的な感動をもって主たる観光名所を訪れました。大同江に沿った古代朝鮮王国、高句麗の中心地で中国支配の楽浪郡、帯方郡にも隣接し、金一族の指導の下近代化した都市も見ごたえのある名所となっています。

まさに歴史の宝庫とも言える古都で、平壌の名が初めて現れるのは千年も前、平安時代です。太陽宮殿は人民の偉大な領袖金日成主席と金正日総書記を生前の姿で安置した聖地になっています。万寿台大記念碑は街の中心部万寿台に位置して、金一族親子の巨大な銅像が安置され、モザイクの白頭山からの不滅の革命闘争史を表現しています。チュチェ思想塔は頂上までエレベーターで登上でき、四方の鳥瞰は大同江を中心に素晴らしい眺めです。白色花崗岩で制作された塔の高さは烽火の二十メートルを含むと百七十メートルもあり世界一高いと言われています。

古くから平らな土地を意味し、柳がしだれ、花が咲き乱れる風致秀麗な所だとして柳京と言われ、創造と建設の大繁栄を迎えています。訪れた朝鮮美術博物館は一九四八年に建造され、二十二のギャラリーと作品永久保存室もあり、四世紀以前から現代朝鮮画、彫刻工芸に至るまで膨大な展示物に圧倒されます。平壌の名勝とされる大同江の島、綾羅島に

あるメーデースタジアムは十万人の参加が可能な大マスゲームが展開され広大さに圧倒されます
中央動物園も見学しましたが、隣接される古墳群には興味が湧きます。筆と鎌、金槌をあしらった人民労働党の記念館も、見ごたえのする巨大な建造物に驚かされます。

神無月遷宮六十年を迎えた出雲大社

平成二十三年十一月十八日から二泊三日で日韓交流史フォーラムから総勢三十名で出雲の地を訪れました。考古学の泰斗、西谷正先生や韓国の造詣が深い日比谷高校の武井一先

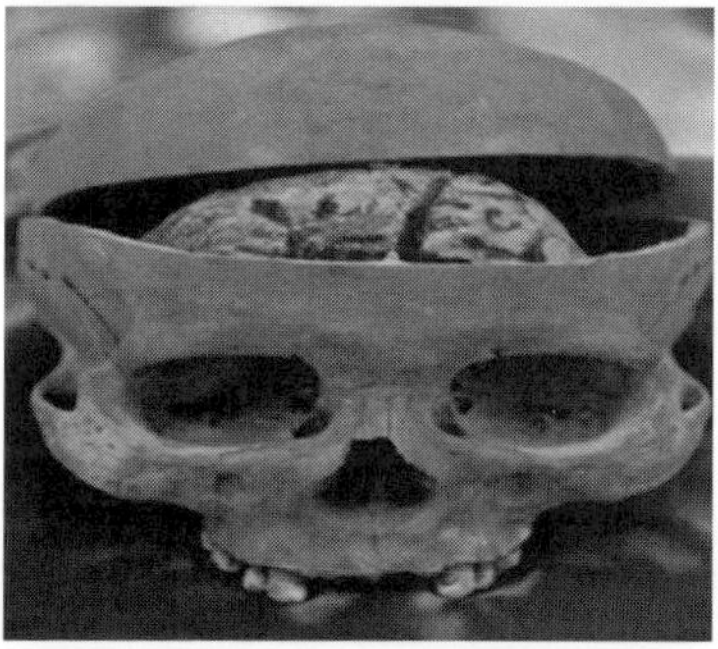

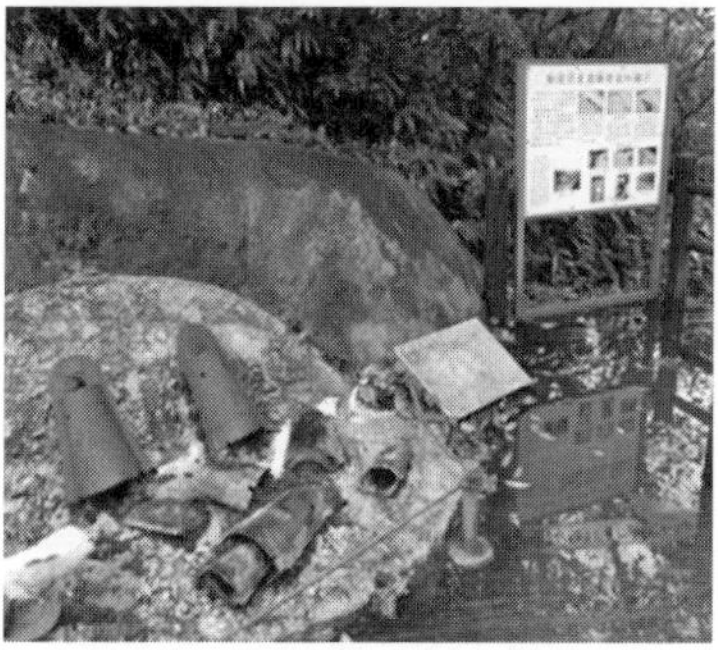

生、高麗大学の教育学部長の韓龍震教授の参加のもと、贅沢な古代遺跡探訪を兼ねた、またとない民間旅行を満喫できました。古来、縄文・弥生文化の開花した出雲は自然崇拝の神々が多く、育まれ神話が生まれるべき環境だったと痛感します。筑紫・伯耆・因幡は陸海伝いに関連し、発掘遺跡からは中国大陸魏の国、国内では土佐、越の国にも交流が認められます。こんな広範囲な文化圏内の接触が二、三世紀に既に存在していたのです。最近一度に多数発見された銕銅鐸は国宝級の物品です。水没した関係から脳組織がそのまま

残っていた頭蓋骨の展示は驚きです。卑弥呼の時代、大和、隼人の国とも互いに如何に勢力争いが絶えなかったか、想像に難くありません。人骨の頭部や腰部に突き刺さった刀剣が見られます。風土記、日本書紀にも共通した記載が見られ、神話が現実味を帯びているような雰囲気が漂い感動すら覚えます。大和から隔離したこの辺鄙な地方に白鴎時代、既に法隆寺の建築様式を取り入れていた上淀廃寺は焼失したとはいえ立派に復元されていて、当時の状況が想像されます。時あたかも神無月遷宮六十年を迎えて八重垣神宮は女性で賑

わっていました。出雲では神有月と云いますが、天候が荒れるので古来お忌荒れと神社では云い伝えられています。皆生、玉造温泉、松江城、玉造公園、国史跡青谷上寺地遺跡、荒神谷遺跡、田和山史跡公園、妻木晩田遺跡、出雲風土記の丘、出雲神社博物館、枚挙に暇がない程の遺跡巡りを堪能しました。高齢者の多い会員でしたが皆健脚ばかりで全行程を隈なく無事踏破したのは幸甚でした。

神集ふ出雲の里に我来れば
　神ぞ座しますすみ社の空

忌荒らし神の怒りに触れてしか
　今日も時雨れし出雲の旅は

八雲立つ八重津の宮は神さびて
　恋を求めむ乙女ら集ふ

八雲立つ出雲の社は神さびて
　祈り平伏す旅人我は
大国の命かしこみお忌荒れ
　時雨れ降り来る出雲の旅路

日韓交流史フォーラム
九州の陶磁器の遺跡を訪ねて

平成二十八年十一月二十三日から三泊四日の日程で九州の地を一巡しました。三十名の一行は博多から唐津を経て名護屋城跡を見て、北波多古窯の森の公園に入り岸岳の古窯を見学。中里太郎右衛門の陶房を訪ね古老から詳しく伊万里有田地方の陶磁器の話を拝聴。二日目は長年掘りつくされた巨大な泉山磁石場を訪ね、天狗谷の古窯跡、日本最古の登り窯を訪れ陶山神社を拝謁。その後待望の李参平子孫金ケ江省平の窯を見学。陶祖窯ギャラリーを巡りましたが、さすがこの施設は古くて長い伝統を感じます。柿右衛門の工房を訪ね九州陶磁器文化会館に入ります。

バスの中では何時もの九州大学名誉教授の西谷先生、日比谷高校の武井先生の詳しい講義を聴きながらの快適なひと時です。唐人町を経て鏡園寺から佐賀に向かいます。今回のハイライトでもある八女古墳群の岩戸山の磐井の墓を見ます。実は十一月十三日に第四回

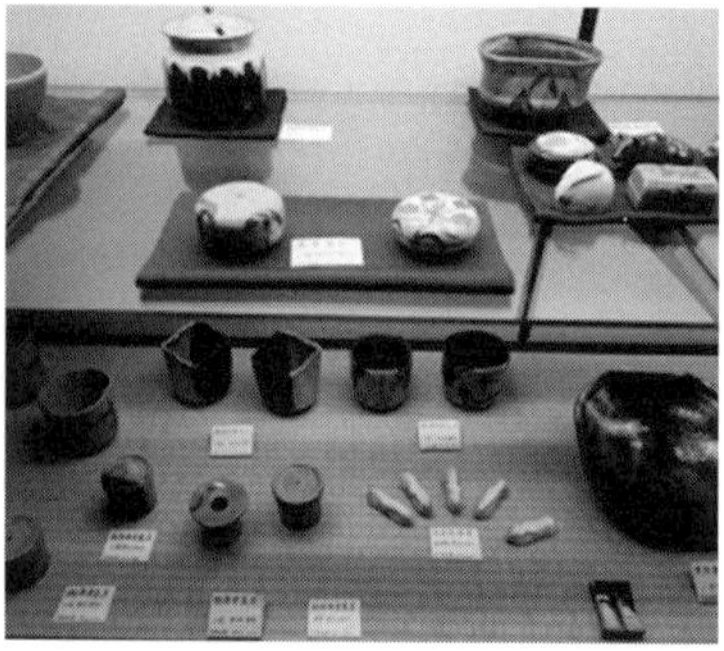

東海歴史学シンポジウムが春日井市の市民会館で開催され、その折、海のむなかた館長でもあられる西谷先生の磐井の乱の背景についてのご講演があり、それに深い興味を抱いていただけあり感動はひとしおでした。五世紀に大和朝廷軍がこの九州の僻地に戦闘を交えたとは感慨無量です。江田船山古墳は磐井一族の集合墳墓の感がありました。博物館員の詳しい解説を聞いて熊本に泊まります。三日目は地震の被害にあった熊本城、加藤神社を訪れ元祖高田焼上野窯を見て、日奈久の温泉地を巡ります。八代湾の岸壁には西南戦争の

幕府軍の侵攻地の記念碑が建てられて往時の激戦状態が忍ばれます。戦死した犬好きな西郷隆盛の興味あるエピソードは武井先生の解説で、彼がディステンパに罹り皮膚病で睾丸が巨大に腫れていた話題でした。待望の世界的に著名な沈壽官氏の豪勢な工房をつぶさに見学した後、十五代目の窯主の講話はユーモアに富み、とても一介の陶工とは思えない戦国武将の茶器を愛でる心情を鑑み、哲学的な含蓄のある内容で深い感銘を受けました。その夜は薩摩レストランで楽しい歓談を全員で享受出来ました。

四日目は鹿児島の知覧特攻隊平和記念館を訪れ武家屋敷を巡ります。当地は何度訪れても涙なしにはおれない悲しい想いが募ります。信頼できる熱心なガイドさんと運転手に恵まれ、滅多に訪れることもない霧島神社まで参拝させて頂き充実した行程です。日ごろ体験できない陶磁器の蘊蓄を今回程丹念に勉強したことはありません。根回しをして多大な気配りをされた後藤会長の計らいで、今回も快適な旅を会員一同満喫出来ました。来春は韓国の陶磁器の原点を訪ねる旅を企画しているそうです。

あとがき

この原稿が活字になる頃、私の年齢は八十二歳になります。西に沈む太陽はなかなか地平線を下らないようです。

今はまさに人生百年の時代を迎えているようです。心身ともに衰えを覚えますが、未だ仕事も熟し車にも乗っています。私には引退という言葉はありません。いつ終末が訪れても良いように準備はしていますが、煩悩は何時までも尽きず日々これ好日を謳歌していま す。これまでに仕事柄多くの方々に接してお世話になりました。今は、孫と遊ぶ機会を持つのが楽しい癒しのひと時です。

出版に際して、春日井市の日本自分史センター講師の芳賀倫子様、伊藤形成事務所の伊藤嘉津郎様には多大な労をおかけいたしました。深く感謝申しあげます。

著者プロフィール

長澤 進（ながさわ すすむ）

昭和13年6月1日生まれ
名古屋市在住
東海高等学校卒
名古屋市立大学医学部卒
名古屋市立大学医学部大学院卒
ハーバード大学留学
名古屋市立城北病院勤務
長澤医院開設
産業医、保険審査委員、医療機関講師、介護施設理事、尺八大師範

続 楽しき哉 我が人生

2020年7月22日　初版第1刷発行

著　者　長澤　進

発行所　ブイツーソリューション
〒466-0848 名古屋市昭和区長戸町4-40
電話 052-799-7391　FAX 052-799-7984

発売元　星雲社（共同出版社・流通責任出版社）
〒112-0005 東京都文京区水道1-3-30
電話 03-3868-3275　FAX 03-3868-6588

印　刷　伊藤形成事務所

©Susumu Nagasawa 2020　Printed in Japan
落丁本はお取替え致します。本書を無許可で複写・複製することは、
著作権法上での例外を除き、禁じられています。
ISBN978-4-434-27853-2